源氏物語〈桐壺巻〉を読む

源氏物語〈桐壺巻〉を読む◎目次

序文

桐壺巻は『源氏物語』の第一巻であり、主人公光源氏の出生から元服（十二歳）に至る過程が描かれている。いわば光源氏前史（序奏）として位置付けられるのである。しかしながら桐壺巻は、主人公の出自（両親等）を明示するためにのみ存在するのではなく、そのような血のつながりを越えて、むしろ人間の生き方をこそ描きたいらしい。つまり主人公の系譜などによって源氏の人生が支配・拘束されるのではなく、両親の果たせなかった愛の課題を継承する物語として、我等が光源氏は登場させられているのである。そのため両親の紹介・源氏の誕生といった安易な記述（形式）だけでは、この前史は決して終了しない。むしろそれだけでも自立した短編（桐壺物語）として十分読めるところに、桐壺巻の面白さと複雑さが混在していると言える。

〈天皇制〉という厳しい掟の前に、無惨にも敗北せざるをえなかった両親の愛を、光源氏は必然的に命題として担わされた。源氏は男女間の愛情問題を直接体験としてではなく、無意識のうちに相続させられているのである。果たして光源氏は愛の勝利者になりうるだろうか。その前に、『無名草子』の作者から「桐壺に過ぎたる巻やは侍るべき」と絶賛された桐壺巻を、ここでじっくりと味わってみよう。

なお本書では、できるだけ歴史資料等を提示し、それを物語とつきあわせるように心掛けた。それは単に物語の背景や準拠を求めるためのみならず、反対に物語がいかに歴史離れしているかを実証してみたいからである。そうした営みを通して、はじめて『源氏物語』の面白さの秘密が紡ぎ出されるはずである。

凡例

一、本書は桐壺巻の注釈篇である。
二、注釈篇の本文には、承応三年刊の『絵入源氏物語』桐壺巻を用いた。
三、本文作成にあたっては、おどり字を元に戻した以外は、原文を忠実に翻刻した。仮名遣い・清濁・ルビ・句読点の付け方等も底本のままとした。ただし漢字に濁点が施されているものは濁音のルビを除いた。また本文に付された傍注に関しては、該当箇所に（）で挿入した。なお版本の丁付けは、」（1オ）の如く表記した。
四、注釈篇は本文を適宜七十章段に分け、その部分に関する研究史を踏まえながら、可能な限り私見を述べてみた。桐壺巻以外の『源氏物語』本文は、全て小学館『完訳日本の古典』に依って巻名・頁を付した。
五、底本に存する挿絵五図は、〈〉によってその場所を指摘し、縮小して掲載した。絵の説明は省略したが、鑑賞の一助にして頂きたい。
六、特に注意してほしい表現はゴチック体にしているので、その意を汲み取って頂きたい。
七、参照すべき論文はできるだけ注釈の中で紹介しておいた。その他、桐壺巻に関する論文は吉海『源氏物語研究ハンドブック1』（翰林書房）を参照して頂きたい。
八、本書では、レポートや論文の素材となるような重要語句・特殊表現を逐一指摘しておいたので、それをヒントにして研究に活用・発展させて頂きたい。桐壺巻は宝の山である。

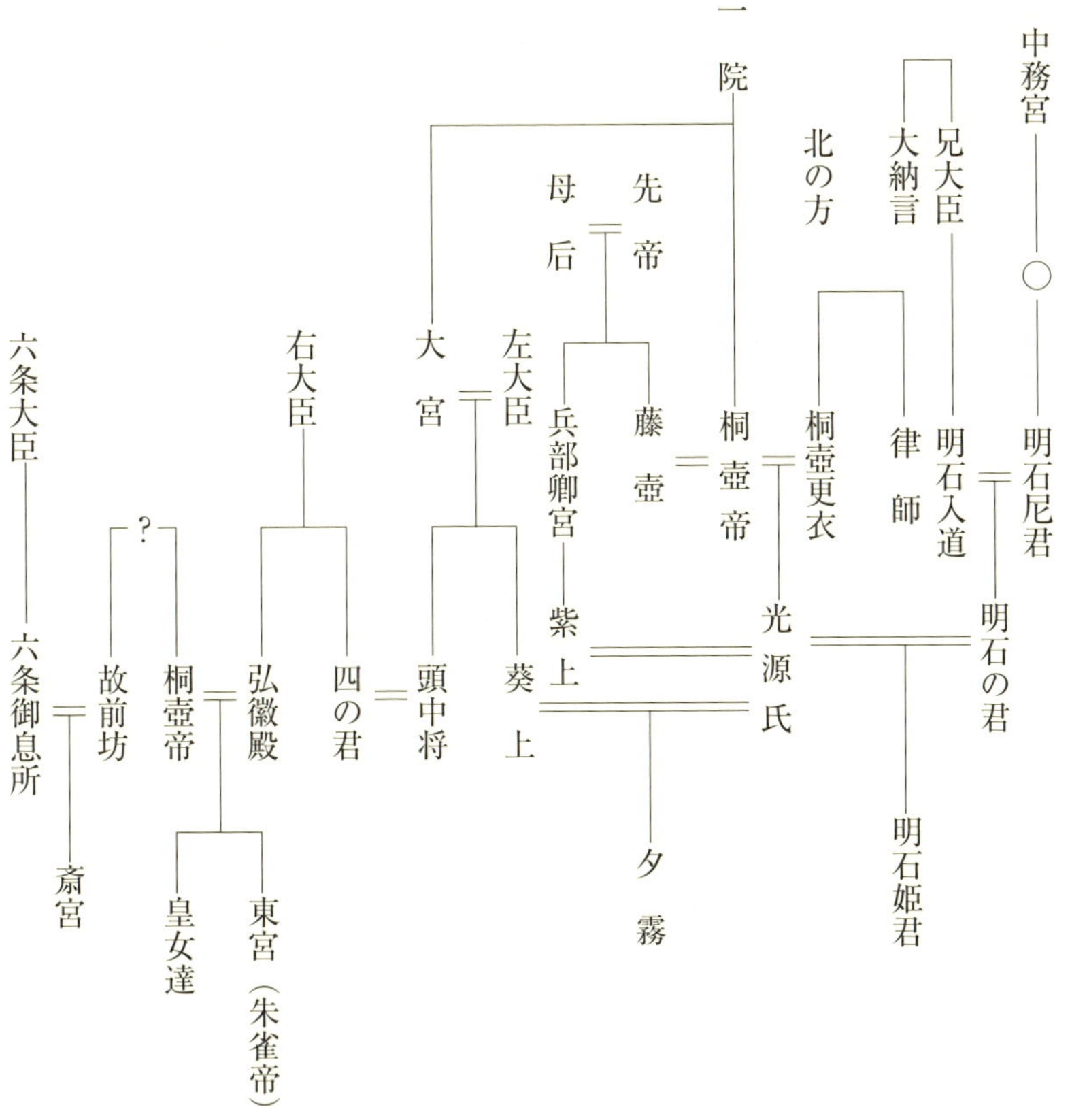
中務宮
明石尼君
兄大臣
明石入道
大納言
律師
北の方
桐壺更衣
明石の君
明石姫君
一院
桐壺帝
光源氏
先帝
母后
藤壺
兵部卿宮
紫上
左大臣
大宮
葵上
頭中将
夕霧
右大臣
四の君
弘徽殿
桐壺帝
東宮（朱雀帝）
皇女達
?
故前坊
六条大臣
六条御息所
斎宮

〈人物略系図〉

きりつほ（詞を名とせり）

1章　冒　頭

いづれの御時《おほんとき》にか（源氏誕生より十二才まで有）、女御更衣《ねうごかふい》あまたさふらひ給けるなかに、いとやむごとなききはにはあらぬが、すぐれてときめき給ふ（桐壺更衣）ありけり。

【鑑賞1】　有名な桐壺巻冒頭の一節である。しかし現代の読者の多くは、この特異な冒頭表現を見て、ほとんど驚きもしない。これでは最初から『源氏物語』の読者としての資格を疑われることになりかねない。

本来、物語の伝統的な冒頭は「昔」あるいは「今は昔」であり（「昔」の方が古態・原形であり、「今は昔」はそれよりも新しい表現かもしれない）、そして必ず文末に助動詞「けり」（伝承的過去）が用いられた。

・今は昔、竹取の翁といふ者ありけり。（『竹取物語』）
・むかし、藤原の君ときこゆる一世の源氏おはしましけり。（『宇津保物語』藤原の君巻）
・昔、男、うひかうぶりして、奈良の京春日の里にしるよしして、狩にいにけり。（『伊勢物語』）
・昔、中納言にて、左衛門督かけたる人おはしけり。（『住吉物語』）

以上のように平安前期物語は、ほとんど例外なく語り出しの伝統（物語の古代性）を踏襲しているのである（ただし『宇津保物語』の本文には問題があり、俊蔭巻冒頭は「むかし、式部大輔左大弁かけて、清原の大君、御子ばらにをの子一人もたり」となっており、文末が「けり」になっていないので引用できない）。
もちろんこの「昔」は、決してある特定の過去なのではない。むしろ時間と空間を越えて、日常空間から物語の幻想世界へと誘うキーワード、あるいは語り手と聞き手の暗黙の約束事（了解事項）と言ったほうがわかりやすいだろう。それを近代的に〈**話型**〉と定義してもかまわない。だからこそ享受者は、この語り出しを聞くことによって、安心して物語世界にのめり込むことができたのだ。ところが『源氏物語』は、その伝統的パターンを用いず、「いづれの――」と歴史的な天皇の御世を語り出した。おそらく当時の享受者はこれを聞いて非常に驚き、かつ何かしら不安に思ったことであろう。

さらには「いづれ」という設定によって、一種の〈謎解き〉の興味も付与されているかもしれない。物語が展開される中で、これは光孝帝なのか醍醐帝の御代なのか、それとも一条帝をモデルにしているのか、などとさまざまに想像するわけである。この特異な冒頭表現に関しては、「長恨歌」冒頭「漢皇色を重んじ傾国を思ふ」からの引用（「李夫人」の影響もあり）だとか、流布本『伊勢集』冒頭「いづれの御時にかありけむ、大御息所と聞こえける御局に」の模倣だとか言われているが、とにかくこれが物語における新しい試み（挑戦）であることをまず認識しておこう。『源氏物語』は、物語文学史においては明らかに異端児（突然変異）なのである。

この時代設定の基本は、聖代と呼ばれた第六十代醍醐天皇〈延喜帝〉らしい（三二章に「亭子院」、四六章に「宇多の帝」が過去形で登場）。『河海抄』巻一「料簡」には「物語の時代は醍醐・朱雀・村上三代に准ずる歟。桐壺御門は延喜、朱雀院は天慶、冷泉院は天暦、光源氏は西宮左大臣。此の如く相当する也」と出ている。また『延喜御集』の冒頭詞書に「御門《みかど》におはしける中に、醍醐と聞こえさせ給ひけるぞ、なまめかしき御門におはしましければ、よきむすめもちたまへる人は思しきしろひ、御息所あまたなりたまひける中に、ときにものし給ひける、御いとまをただ一二日と聞こえてまかで給ひにける、ほどへにければ御文に」とあるのも参考になる。

光孝――宇多――醍醐――┬朱雀
　　　　　　　　　　　└村上――┬冷泉――花山
　　　　　　　　　　　　　　　└円融――一条

初めて『源氏物語』に接した人は、その異質な冒頭表現に驚き、そして続いて語られる後宮における秩序の乱れに、またしても不安を増大させる。後宮にあまたの女性がいたとある点、『河海抄』では「醍醐天皇後宮ノ事」として皇太后以下二十七名をあげ、対する「桐壺帝後宮」としては薄雲女院（先帝第四皇女冷泉院御母）・弘徽殿太后（二条太政大臣女朱雀院一品宮前斎院母）・承香殿女御（四宮母）・麗景殿女御（花散里上姉）・女御（宇治八宮母大臣女）・桐壺更衣（贈従三位按察大納言女六条院母）・後涼殿更衣・前尚侍（賢木巻ニ出家）の八名をあげている。『古系図』類ではそれに螢兵部卿宮母・帥宮母・蜻蛉式部卿宮母を加えている。その中の一人が帝の寵愛を独占していた。それだけならば、一夫多妻制の平安朝後宮においては日常茶飯事であり、取り立てて論じることもなさそうである（「さぶらふ」は仕える意味以上に性的関係を象徴している）。問題は、その「時めき給ふ」女性の身分がさほど高くない点にあった（享受者には身分当ての興味もある）。なお「時めく」は寵愛を得ると訳されることが多い。原義的には権勢を得るとか時流に乗って栄えることなのだが、桐壺更衣の悲劇性と矛盾しないように、精神面・愛情面のみが強調されているのである。しかし後宮は個人単位ではないので、桐壺更衣が寵愛を得れば、必然的に更衣に仕えている女房達はそれを誇示するであろう。更衣自身にとっても、それは後宮における力関係に大きく作用する。

そもそも〈天皇制〉における後宮とは統治の象徴であり、後宮の女性達の背後には、政治に関与しうる実力を有する男性達が常に存在している。だから天皇はその女性達のバックを配慮しつつ、ヒエラルキーに応じて愛を分かち与え、彼女達を巧みに管理しなければならないのである。その場合、天皇の寵愛が最も実力のある女性に集中しているのなら、それは仕方のないことであり、むしろ国家は安泰となる。しかしここはそうではないらしい（第一文の文末に敬語が付けられていない）ので、波乱含みの始まりということになる。端的に言えば、後宮に「あまた」の女御・更衣が存在すること自体、強大な権力者の不在という不安定な社会状況をも露呈しているわけであろう。こうなると享受者は、語り手に対してただ相槌を打つだけでは許されず、最初から〈なぜ？〉という疑問を抱かざるをえない（三谷邦明氏「源氏物語の方法」『物語文学の方法Ⅱ』有精堂参照）。『源氏物語』はその冒頭から大きく揺れていたのである。そしてこの女性こそが、光源氏の母桐壺更衣なのであり、彼女にとっての後宮生活は、愛と苦悩と受難の日々であった。なんと新しい、それ以上になんと重苦しい語り出しであることか。

2章　後　宮

はじめよりわれはと思ひあがり給へる御かたがた、めざましきものにおとしめそねみ給。おなしほど、それより下《げ》らうの更衣《かふい》たちは、ましてやすからず。あさゆふのみやづかへにつけても、人のこころをうごかし、うらみをおふつもりにやありけむ、（桐壺更衣）いとあつしくなりゆき、もの心ぼそげにさとがちなるを、（御門心）いよいよあかずあはれなるものにおほほして、人のそしりをもえはばからせ給はず、世のためしにもなり」（1オ）ぬべき御もてなしなり。

【鑑賞2】「めざまし」とは、稀に良い意味で用いられることもあるが、大抵は目上の人が目下の人に用いる言葉（差別語）である。あの紫の上も、「上はうつくしと見たまへば、をちかた人のめざましきもこよなく思しゆるされたり」（薄雲巻45頁）などのごとく、明石の君に対してしばしば用いていた。ここでは女御達の言動として使われており、これによって帝の寵愛を受けている女性の地位が自ずと察せられる。つまり身分不相応に「時めく」から「めざまし」なのである。同様のことは、敬語の使用状態によっても指摘することができる。原則として女御クラスには尊敬語が付いているけれども、更衣レベルには付いていないからである（ただし形容詞には敬語を添えない）。それで冒頭の文末も「おはしましけり」や「おはしけり」（陽明本）ではなかったのだ。もちろん桐壺更衣は主人公光源氏の母君でもあり、桐壺巻ではヒロイン的な存在だから、例外的に尊敬語を付けられる場合もある。しかし愛は弱く、ヒエラルキーの前では全く無力であった（だからこそ美しい）。

身分高き女御は、入内以前からの一族の期待もあり、寵愛を受けて当然というプライドもあるだろう。それなのに、自分より身分低き更衣が寵愛を一身に受けているのだから、心中穏やかではいられない。しかもどうやら未だ皇后（中宮）も定まっていないらしいので、誰が后の椅子を獲得するかという興味も幻視される（皇后不在という重要な指摘は、玉上琢弥氏「桐壺巻と長恨歌と伊勢の御」国語国文24―4・昭和30年4月によってなされている）。他の更衣達はというと、最初から寵愛の望みは少ないわけで、後見の勢力によって帝を引き寄せることもできないのである。だから桐壺更衣のために自分達のわずかな懐妊の確率さえも奪われるとしたら、しかもその相手が自分達と同じ身分の更衣だとしたら、なおさら平静ではいられまい。彼女達にここで寛容を望むのは、むしろ酷というものであろう。

帝が自制、つまり愛を平等に分配できない以上、好むと好まざるとにかかわらず、多くの女性達の犠牲（愛の渇き）の上にしか、一人の女性の寵愛は成り立たない。その女性達にしても、帝の寵愛が得られないからといって、潔く敗北宣言できる立場ではありえない。そこには個人的な女の嫉妬というだけでは済まされない一家の将来が託されているのだ（もともと彼女達は愛情から入内したのではない）。後見人たる父兄（政治家）の面目も丸潰れであった。だから帝の破格な寵愛と引き替えに後宮全体の恨みを買った更衣は、必然的に有形無形さまざまのいやがらせを受けざるをえないのである。一見、物語は政治とはかけ離れた純愛物語のようでありながら、その実うんざりする程政治漬けにされており、それを基盤として物語は成り立っているのである。

こうして更衣は精神的に圧迫され、そのストレスが積って病となり、やがて頻繁に里下がりするようになった。しかしその結果、病気が回復するどころか、自由に逢えないことによって、かえって帝の寵愛は一層深まり、だからこそ迫害もいよいよ激しさを増していく。この救いようのない**〈愛の悪循環〉**はとどまるところを知らず、更衣の肉体（生命）だけが次第に蝕まれていく。明石入道（桐壺更衣の従兄弟）の「国王すぐれて時めかしたまふこと並びなかりけるほどに、人のそねみ重くて亡せたまひにしか」（須磨巻50頁）という述懐を参考にして頂きたい。

この桐壺更衣のモデルの一人として、村上天皇の尚侍藤原登子（九条師輔二女、元重明親王室）があげられている。『栄花物語』月の宴巻には、

登花殿にぞ御局したる。それよりして御宿直しきりて、こと御方々あへて立ち出で給はず。故宮の女房・宮達の乳母など安からぬ事に思へり。「かかる事のいつしかとあること。ただ今かくおはしますべき事かは」など、事しも詛《のろ》ひなどし給ひつらんやうに聞えなすも、いといとかたはらいたし。御方々には、宮の御心のあはれなりし事を恋ひ忍びきこえ給に、かかる事さへあれば、いと心づきなき事にすげなくそしりそねみ、安からぬことに聞え給ふ。参り給て後、夜昼臥し起きむつれさせ給ひて、世のまつりごとを知らせ給はぬさまなれば、た

だ今のそしりぐさには、この御事ぞありける。（大系本『栄花物語上巻』47頁）と出ており、なるほど桐壺更衣との類似表現も目立つ（もちろん『源氏物語』からの引用も十分考えられる）。もっともこれは登子の寵愛のみならず、故中宮安子（弘徽殿）の嫉妬深い性格とセットになっての引用となっている（一〇章参照）。他に宣耀殿の女御などもいるので、複数のモデルの寄せ集めとして考えた方が良さそうである。楊貴妃との関連からすれば、再婚である点などむしろ桐壺更衣以上にピッタリしており、『栄花物語』の引用の問題として処理すべきか。

3章　世の乱れ

かんだちめ、うへ人なども、あひなくめをそばめつつ、いとまばゆき人の御覚《おほ》えなり。もろこしにもかかることのをごりにこそ、世もみだれあしかりけれと、やうやうあめのしたにもあぢきなう、人のもてなやみぐさになりて、楊貴妃《やうきひ》のためしもひきいでつべうなりゆくに、いと〳〵はしたなきことおほかれど、（桐壺更衣心）かたじけなき御《み》心ばへのたぐひなきをたのみにてまじらひ給。

【鑑賞3】　更衣の寵愛問題は、もはや後宮だけでは済まなくなった。というよりも女御・更衣の父兄がすなわち上達部（公卿）・上人（殿上人）であり、一般的には女御は皇族や大臣家の娘、更衣は大納言以下参議クラスまでの娘であった（ただし大納言の娘でも女御となる実例はある）。つまり彼女達は実家の繁栄を代表して後宮に入内しているのである。入内はその根源において私的感情の発露ではありえないのだ。だからこそ更衣への偏愛（一対願望）

が国家の禍となり、安禄山の反乱（七五五年）の二の舞になりはしないかと懸念される（白楽天の「長恨歌」及び陳鴻の「長恨歌伝」、あるいは日本に伝来し和風化した楊貴妃説話・絵物語からの引用）。なお底本は「をごり」と濁音にしているが、おそらく「起こり」ではなく「驕り」と解釈しているのであろう（『孟津抄』は積極的に「起」と「驕」の両義の存在を示し、その上で「起」を良しとしている）。

実は現実的な背景として、社会情勢の不安もあったようだ。それは先帝と桐壺帝間の皇位継承事件、東宮の廃太子事件（六章参照）、六条大臣一家及び明石大臣一家の没落、新左大臣一派と右大臣一派の確執等々である。明石大臣に関しては、後に「かの先祖の大臣は、いと賢くありがたき心ざしを尽くして朝廷に仕うまつりたまひけるほどに、ものの違い目ありて、その報いにかく末はなきなり」（若菜上巻100頁）と述懐されており、何らかのいまわしい事件が想像される。この時代は相当に社会が混乱していたのである。それにもかかわらず、物語は桐壺帝の偏愛をのみ強調し、実際には因果関係のないはずの社会の乱れと強引に結び付けている点こそが問題なのである。まさに後宮は社会の〈喩〉なのであった。この仕掛けには留意しておきたい。

ところで「あひなく」は非常に難解な語である。そもそも「あいなし」か「あひなし」か未詳であるし、表記も「愛・合・間」などが当てられている。当然意味も複雑で、諸注様々な解釈を施している。『源氏物語』はあまりにも有名なので、もはや問題などほとんど残っていないように思われがちであるが、実はこういった未解決の難解語に溢れているのである。また「目をそばめつつ」は、「長恨歌伝」の一節「京師の長吏之が為に目を側む」を踏まえた表現であろう。「世の例」がここで「楊貴妃の例」にスライドされ、以後「長恨歌」を踏まえた表現が続出してくることになるが、これに精通していない享受者は、その教養のなさを鼻であしらわれる（紫式部は単なる宮廷女房ではなく、漢学者の娘という特殊な家柄の女性なのである）。しかしながらここに「つべし」とある以上、決して世の人が楊貴妃を例にして悪口を言ったのではなかった。これは語り手が〈草子地〉としてそう規定しているのであり、むしろ戦略的な〈たとえ〉であることにも留意せねばならない。

　ついでながら、桐壺更衣と楊貴妃をストレートに結び付けることは一考を要する。確かに更衣の中に楊貴妃の物語が引用されてはいるが、更衣の場合は後見の不在が強調されている点、また源氏を出産している点など、自ずから「長恨歌」の方向とは相違しているからである。もともと六十歳を過ぎた玄宗と三十近い楊貴妃との話であるから、それをストレートに桐壺帝と更衣に当てはめることは無理であろう。同じく白楽天の「上陽白髪人」中の「已に楊貴妃に遥かに目を側めらる。妬みて潜かに上陽宮に配せしめ、一生遂に空房に向いて宿す」が示すように、楊貴妃はただ美しくかよわい女性ではなかった。彼女は玄宗の寵愛を守るために様々の手段を使ってライバル達を蹴落としてきた。また先住の寵妃たる梅妃までも上陽宮に移させており、その恐ろしいまでの資質はむしろ弘徽殿女御に継承されていると考えられる。逆に更衣のイメージは、迫害されている上陽白髪人あるいは梅妃側にこそ存するとも言える。それについて島津久基氏は「貴妃の乱倫と驕慢の性格は、其の一部を却って弘徽殿の方へ譲って、桐壺の更衣をば飽くまで温良貞淑な姿に写した」（『対訳源氏物語講話一』中興館）と指摘しておられる。玉上琢弥氏なども「楊貴妃の身分と性格は、弘徽殿の女御に比すべきであろう。どちらも皇后のいない時期でもあった。楊貴妃は「才智明慧《けい》、善巧便佞《ねい》」、老齢に及んだ皇帝をまるめこんだばかりでなく、宮廷の陰謀によく対処し、後宮の嫉妬を粉砕した。その強引なゆき方は弘徽殿に似ている」（「桐壺巻と長恨歌と伊勢の御」『源氏物語研究』角川書店）と述べておられる。

　つまり『源氏物語』では楊貴妃の役割が二分され、更衣と弘徽殿という対照的な二人として再生しているわけである（弘徽殿の人物像には、呂后（『史記』）の影響も見られる）。ただしそうではなく、楊貴妃の描かれざる内面的な悪の要素すらも更衣に投影されているとしたら、更衣はただ苛められるだけの美しくかよわい悲劇の主人公ではなくなるわけで、そういった文学と歴史の二層的引用の読みというのも一興ではないだろうか。あるいは上達部・上人は悪としての楊貴妃を設定し、帝は美としての楊貴妃を幻想しているのかもしれない。だとしたら楊貴妃も桐壺更衣も二重人格者なのである。

さて更衣にとっては、帝の寵愛故に他者から「もて悩み草」とされるのであるが、それは必然的に自己の「はしたなきこと」と表裏一体となる。後宮とは、帝と二人だけの愛情関係ではいられない社会なのだから。ここに用いられた「まじらひ給ふ」という表現に留意して頂きたい。入内といってもそれは宮仕えであり、どうしても他の女性達と秩序だった交わり（共同生活）を続けなければならないからである。そのため帝の溺愛は、即ち後宮における秩序の乱れであり、同時に更衣の孤立（村八分）という〈二律背反〉として、更衣の上に否応無く、そして重苦しく覆いかぶさってくる。更衣が本当に「まじらふ」つもりであれば、できるだけ後宮の秩序を保つことを心掛けねばなるまい。しかるに更衣は後宮の一員たるよりも、むしろ最初から帝との一対一の男女関係を切望しているように思える（まさしく楊貴妃の引用）。これは更衣の**一対願望**と後宮制度のせめぎあいなのだ。

その結果がどうなるのか、既に「長恨歌」の引用がその答えを暗示しているのだから、賢明な読者にはその悲劇的な末路がほの見えているはずである。秩序の混乱は、最終的に安定を回復する方向に進むのである。仮に更衣が女御へ昇格し、遂に后になるというのも一つの解決策ではあるが、残念ながらその道は実父大納言の死去によって、さらには光源氏の物語であることによって、最初から閉ざされていた。また卑近な日本の例で言うと、花山天皇は寵愛した弘徽殿女御（藤原為光女）の死を契機として出家（退位）している。それも一種の秩序の回復ではあるが、しかしこの場合は花山天皇とは違って、左右の大臣が厳しく帝の行動を監視しているはずである。

4章　出　自

ちちの大納言《だいなごん》はなくなりて、ははは北《きた》の方なん、いにしへの人のよしあるにて、おやうちぐしさしあたりて、世の覚《おぼ》え花《はな》やかなる御かたがたにもおとらず、何事《ごと》のぎしき」（1ウ）をもてなし給けれど、とりたててはかばかしき御うしろみしなければ、ことある時はなをより所《ところ》なく心ぼそげなり。

【鑑賞4】　後見には、物理的（財政面）なものと精神的（教養面）なものの二つがある。前者が親兄弟・祖父母などであり、後者は乳母や信頼のおける同族の女房などである。更衣の場合は父が既に亡くなっており、物理的な第一の後見人は不在だった（一族の繁栄を担う兄弟も不在であるとすれば、本来この入内そのものが後ろ向きであったことになる）。朱雀院の藤壺女御も「とりたてたる御後見もおはせず、母方もその筋となくものはかなき更衣腹」（若菜上巻11頁）であった。また玉鬘の大君の冷泉院入内に際しても、「はかばかしう後見なき人のまじらひはなかなか見苦しきを」（八竹河巻51頁）と同様の記述がなされている。

なお大納言は正三位相当であるから、本来は「亡くなる」ではなく「薨ず」と言うべきであろう。同様に四位・五位は「卒す」と言い、天皇は「崩御」と称した。後見不在という致命的な穴を、北の方（皇族？）が孤軍奮闘してどうにかこうにか埋めるわけである。北の方とは正妻のことであるが、男と同居している場合の相対的な地位を現わす言葉である。その言い方からすると、大納言には他にも妻妾が存在したのかもしれないが、物語には全く描かれない。当然更衣の異母兄弟等も、ここでは想定されないことになる。物語は宮廷における一夫多妻制の不幸を描いているけれども、その一方で一夫一妻制故に子孫が衰退する不幸も読み取るべきであろうか。ついでに言えば、不思議なことに更衣の乳母も全く登場してこない。乳母こそは母北の方以上に更衣の世話を焼き、後宮においても庇ってくれる頼もしい存在である。もしこの一文が乳母の不在をも含んでいるとすると、更衣には物理的（父）にも精神的（乳母）にも後見がいないことになり、後宮におけるこのような孤立が、必然的に悲劇の道を歩ませることになる。

さて「何事の儀式」とは恒例の年中行事であり、「ことある時」とは臨時の行事を指す。定例の場合はあらかじめ準備もできるが、臨時の場合は、政治家たる父が不在のために宮中からの通達などが遅くなり、準備に費やす時間的な余裕がないのである。というのも、里方は行事の折ごとに更衣の衣装だけを準備するのではなく、更衣に仕えている女房達の衣装や調度品等も全て新調しなければならないからだ。その費用も膨大であろうが、この場合の「心細げ」は、必ずしも金銭的な不如意だけではあるまい。

こうして徐々に桐壺更衣の出自が明かされ、輪郭が浮かび上がってきたわけだが、最も肝心な彼女の美点とか性格に関しては、ほとんど何も語られていないことに気付く。更衣の思考や実態は厚いベールに包まれており、想像することすら難しいのである。どうやら物語は、更衣を具体的に描写しないことにより、最も効果的に更衣の理想美を表出（幻視）しているようである。どうも物語は一番知りたいことは教えてくれないようだ。

5章　皇子誕生

〽さきの世にも御ちぎりやふかかりけん、世になくきよらなる、たまのおのこみこ（源氏）さへむまれ給ぬ。（御門心）いつしかと心もとながらせ給て、いそぎまいらせて御覧《ごらん》ずるに、めづらかなるちごの御《み》かたちなり。

【鑑賞5】 光源氏の誕生に「さへ」という副助詞が添えられている。一見何でもなさそうであるが、この言葉に特別の重みを持たせると、読みが一変する（益田勝実氏「日知りの裔の物語―『源氏物語』の発端の構造―」『火山列島の思想』筑摩書房参照）。副助詞「さへ」は添え物の意味であり、決して中心ではないからだ。皇子誕生は、二人の愛の結実・帰結ではあるが、必ずしもそれが周囲から望まれていたわけではない。むしろ二人は自分達の愛を貫くことに精一杯であった。というよりもここで考えるべきは、一体誰が光源氏の誕生を祝福してくれたか、ということである。更衣に対する後宮や政治家達の冷たい視線を思い出して頂きたい。そう考えると、ごく少数の身内以外には、誰も祝福していないだろうことにはっとする。身内にしても後見なき第二皇子では、立太子の可能性なしではないにせよ、さほど大きな期待は抱かないだろう。逆にまた一つ禍の種がふえただけである。

繰り返して言うが、光源氏は決して多くの人々の祝福の中で産声をあげたのではないのだ。というよりも、更衣の懐妊や出産の場面、北の方邸の喜びの声すらも捨象されているのである。「清ら」という第一級の美質を有する『源氏物語』の主人公としては、異常ともいうべき誕生シーンであった。もっとも桐壺更衣が入内した目的からすれば、皇子誕生は寵愛の結果であり必然であった。物語の描写としては添え物風に描かれているものの、これによって迫害が一層激化される点、逆に源氏が無視できぬ存在であることを証明していることになる。ここにおいて桐壺更衣は、強大な力となる〈**如意宝珠**〉を手にしたのである。ここから彼女は次第に女としてではなく、母としてのしたたかさをほの見せはじめる。ところで光源氏の誕生日はいつであろうか。残念ながらそれに関しては何も明記されていない。しかし物語には特定の月日―十月及び二十三日―が頻出しており、それによって玉上氏は源氏の誕生日を十月二十三日と想定しておられる（「女のために女が書いた女の世界の物語」季刊大林34参照）。

なお宮中は神域なので、血の穢れ・死の穢れを嫌う。めでたいはずの出産も、明らかに血の穢れであった。そのため更衣は里に下がってお産しなければならない。出産後に参内するのは、早くても五十日以降、普通は三箇月位（百日）先のことであった。言い換えれば当時の天皇には、生まれたばかりの赤ん坊を見る機会は全くなかったわけである。ただし『とりかへばや物語』の女東宮は、秘密保持のために宮中で出産しており、そこでは宮中のタブーが破られていることになる。

6章　秘蔵っ子

一のみこ（朱雀院）は右大臣《うだいじん》の女御《にようご》の御はらにて、よせおもくうたがひなきまうけのきみと、世にもてかしづき聞《きこ》ゆれど、こ（源氏）の御にほひにはならび給べくもあらざりければ、おほかたのやんごとなき御おもひにて、このきみ（源氏）をばわたくしものにおほほし」（2オ）かしづき給事かぎりなし。

【鑑賞6】　源氏誕生が語られた直後に、突然一の皇子との比較がなされていることに留意しておきたい。男皇子の誕生は、それだけで政治性を有しているから、今まで漠然としていた後宮も変容し、右大臣の女御という個人が具体的に設定される（左大臣は味方になるのでしばらく登場してこない）。さほど年齢差のない書きぶりで両者（異母兄弟）は対比され、それによって相対的に源氏の優位が浮き彫りにされていくことになる。源氏の美質たる「匂ひ」は、おそらく母からの遺伝であろう（一三章参照）。もちろんここでは出自の差が強調され、その一点で東宮候補の座は揺るぎないものであった（吉海「右大臣の再検討」『源氏物語桐壺巻研究』（竹林舎）参照）。

しかしながら愛情面に関しては、源氏のたぐいまれな美貌と相俟って、一の皇子には公的な愛情（尊重―母弘徽殿も同様に「やんごとなき御思ひ」（八章）と記されている）、源氏には私的な愛情（秘蔵っ子）と区別される。この「私者」という語は、『栄花物語』月の宴巻にも「宣耀殿の女御は、いみじううつくしげにおはしましければ、みかども我御私物にぞいみじう思ひきこえ給ひける」と見えている。どちらの愛情が勝っているか、あえて言うまでもあるまい。しかし源氏はその美質故に、危うい生活を強いられることになる。帝は後宮における過ちを、皇子達の処遇においても再び繰り返した。若き―かどうかは断定できないが―桐壺帝は、〈天皇制〉の枠からはみだした問題児なのである。否、ひょっとして桐壺更衣や光源氏に対する帝の異常な愛情は、実は意図的政治的な**演技**なのかもしれない。つまり右大臣家への反抗（あてつけ）だとすると、帝も案外したたかな人間であることになるわけだ。

もう一点、看過してはならない重要な問題が残っている。それはなんと未だに東宮が定められていないことだ。本来ならば桐壺帝が即位した時に、東宮も立坊しているはずである。にもかかわらず、この時点で東宮が不在であり、だからこそ「疑ひなき儲けの君」という表現が可能となる。それで右大臣や弘徽殿にも一抹の不安があるのだ。これについて『細流抄』には「朱雀院の御事也。醍醐御代には東宮文彦太子（保明）葬之後、其子慶頼王立坊。又早世。其後朱雀院立坊也」と注されている。どうやら物語の描かれざる部分において、東宮の死去あるいは廃太子事件（葵巻に故前坊登場）が想定されるらしい。特に現年立では、前坊の娘たる秋好中宮と源氏の年齢差は九歳なので、理論的には前坊は源氏九歳までは生存していたことになる。つまり東宮が重複してしまうのだ。また賢木巻に「十六にて故宮に参りたまひて、二十にて後れたてまつりたまふ」（155頁）と記されている点、現行の年立とも完全に矛盾する（坂本昇（共展）氏「御息所の年齢」『源氏物語構想論』明治書院参照）。もちろん最初の構想が十年程ズレたのかもしれない（藤村潔氏「前坊の姫君考」『源氏物語の構造二』赤尾照文堂参照）。年立から言えば、東宮は既に病死しているのではなく、生存しているものの廃太子させられたのである。それを深読みすれば、その首謀者は桐壺帝と現左大臣かもしれない。基本的に新東宮は、退位を条件として前帝が擁立するからである（桐壺帝も退位を条件に冷泉帝を東宮にした）。また前東宮は、自らの即位と引き換えにそれをしぶしぶ了承する。この場合、東宮は必ずしも帝の実子というわけではないので、桐壺帝はいずれ我が子を立太子させたくなり、そこで忌まわしい皇位継承事件が生じることになる（三条帝と道長の確執がその好例）。この一件に比べれば、桐壺更衣寵愛なども
のの数ではあるまい。

こうして左大臣は勝者として内覧（氏長者）を受け、六条大臣致仕の後に右大臣を超えて左大臣のポストを獲得したのではないだろうか。そのために未来の后の夢を閉ざされた東宮妃こそ、後に物の怪として活躍する六条御息所その人であった（葵の上に祟るのもそこに起因する）。東宮不在というアンバランス故に、源氏の出現が大きな波紋を投げかけているのである。それだけ源氏にも立太子の可能性が残されているのだ。物語は桐壺更衣と源氏を中心に描写しているが、実は宮廷は政争の真只中だったのである。この点を押えれば、桐壺巻の読みはそれだけでも大きく変容するであろう。

なお「儲けの君」とは皇太子のことであるが、漢語「儲君」（ちょくん）の和訓であり、他に「いとかしこき末の世のまうけの君と、天の下の頼み所に仰ぎきこえさする」（若菜上巻36頁）といった例がある。

7章　寵　愛

(更衣)はじめよりをしなべてのうへ宮《みや》づかへし給べききはにはあらざりき。おぼえいとやむごとなく上《じやう》ずめかしけれど、わりなくまつはさせ給あまりに、さるべき御あそびのおりおり、なに事《ごと》にもゆへあることのふしぶしには、まづまうのぼらせ給ふ。

【鑑賞7】　第一文の文末に、助動詞「き」が用いられていることに注目したい。冒頭（一章）で説明した「けり」も、この「き」も共に過去の助動詞なので、時制に問題はないと言う人は、やはり『源氏物語』の享受者としては失格である。実は冒頭表現の説明で、『落窪物語』をあえて載せなかったのだが、それはここで問題にしたかったからである。

・いまはむかし、中納言なる人の、むすめあまた持たまへるおはしき。（『落窪物語』巻一）

冒頭は常套であるが、文末が「けり」でなく「き」になっている。これは伝承的過去の物語ではなく、語り手自身の体験した事実であり、話の信憑性を語り手が保証しているのである。継子譚たる『落窪物語』はフイクションではなく、実際にあった話という体裁で語られているわけである。桐壺巻においては、ここで「けり」から「き」に移行しており、また事情が少し異なる。当初、語り手は物語を淡々と、そして冷静に語り始めた。ところが語っているうちに次第に興に乗り、いつしか物語の登場人物に同化し始めたのである（たぶんそれは、無意識の推移というより、意図的な方法であろう）。時制が「けり」から現在形に変化し、そしてさらに「き」が用いられた時、それに対して不審を申し立てたとしたら、やはり聞き手としては失格となる。むしろそのような語り手の自然な推移に同調してこそ、物語世界に浸ることができるのだ。語り手は更衣に同情し、かつ親しみを込めて、あるいは物語の内容を自ら保証する意識で「き」を口にした。本来語り手は第三者的であるべきなのだが、ここでは積極的に物語に介入（口出し）しているのである。こういった表現を、中世の源氏学者は『源氏物語』の一手法と考え、〈草子地〉と定義した。

「上衆めかす」という語は、「下衆」の反対語である「上衆」に「めかし」という接尾語（他動詞化）が付いたものだが、他に「あまり上衆めかしと思したり」（松風巻26頁）という例が見られる。また「めく」が付いて自動詞化した例として、「忍びやかに調べたるほどいと上衆めきたり」（明石巻93頁）もある。この二例はともに明石の君に関するものであるが、彼女にも桐壺更衣同様に、いくら上衆めかしても根本的に上衆でありえないと言う悲しい現実（身分差）があった。こう考えると、明石の君こそが桐壺更衣の正当なゆかり（血縁）であることになる。藤壺のゆかりたる紫の上と明石の君の対比は、実はゆかりの二分化によって生じたものなのだ。

さて、身分の高い女性は、たとえ相手が愛する夫であろうとも、自ら身の回りの世話などはしなかったらしい。限りなく人形に近いのがお姫様の証明なのである。女御・更衣も同様であり、仕えている帝（夫）の身の回りの世話は、もっと身分の低い女官のやる仕事であった。ところが帝がいつも更衣を傍にいさせるので、やむなく更衣は字義通り帝の世話をしなければならなくなる。そのため周りからは侍女のようにも見られ、更衣にとっては帝の寵愛故に、却って自らを卑しめなければならない状態が続いていた。これに関して藤原克己氏は「「おのづから軽き方にも見えし」ほど「わりなくまつはさせ給ふ」帝の寵愛ぶりも、実は父のいない更衣なればこそではなかったか」と述べておられる（「桐壺更衣」『源氏物語必携Ⅱ』学燈社・昭和57年2月）。なるほど更衣の場合は、後見に気がねしなくてもよかった。とすると更衣の身分を最も低めているのは、他の女御達ではなく帝自身だったことになる。

8章　立坊問題

ある時《とき》にはおほとのごもりすぐして、やがてさふらはせ給など、あながちにおまへさらずもてなさせ給し程《ほど》に、をのづからかろきかたにもみえしを、このみこ（源氏）むまれ給てのちは、いと心ことにおもほしおきてたれば、坊《ばう》にもようせずは、このみこ（源氏）のゐ給べきなめりと、一《いち》の」（2ウ）みこ（朱雀院）の女御《ねうご》はおほしうたがへり。（弘徽殿女御）人よりさきにまいり給て、やむごとなき御思ひなべてならず、みこたちなどもおはしませば、此《この》御かたの御いさめをのみぞ、なをわづらはしく心ぐるしう思ひ聞《きこ》えさせ給ける。

【鑑賞8】　寵愛のあまり更衣は「御前さらず」の状態であった。ところが源氏が誕生した途端、更衣の処遇は一変し、愛する女としてだけではなく、源氏の母として尊重するようになった（といっても親子三人の一家団欒場面はない）。それは更衣にとってはいささかの期待ともなる事態であった。しかしながら更衣の立場は一向に好転せず、今度はそのことによって遂に弘徽殿女御の疑心暗鬼を生ぜしめる。

弘徽殿はおそらく帝より年上の女性であり、元服か立坊の折に添伏として入内したと思われる（林田孝和氏「弘徽殿女御私論―悪のイメージをめぐって―」国語と国文学61―11・昭和59年11月参照。なおこの枠組みは源氏と葵の上も同じ）。それはずっと後の光源氏の述懐の中に「故院の御時に、大后の、坊のはじめの女御にていきまきたまひしかど」（若菜上巻30頁）とあることからも察せられる。最初は夫婦仲もさほど悪くはなかったようで、既に御子も何人か出産している。しかし帝が成長すると、悲しいことにその分だけ弘徽殿は年増になっていく。そしてもはや床避り（床離れ）の時期となり、更年期障害と相俟って、女性特有のヒステリックな状態に陥っていたとしたら、それは決して弘徽殿が悪者なのではなく、一夫多妻制の生み出した悲劇とも言える。結局、弘徽殿は一首も和歌を詠まない人物であった。それは桐壺帝との間に贈答（愛の交流）がなかったことを暗示する。

ところで**床離れ**に関して、折口信夫は「昔の女は、三十以上になると夫を避ける。さうでないのはいけなかった。さうして、今度は若い女に譲るのである」と述べている（「伊勢物語私記」『折口信夫全集十』中公文庫参照）。もちろんこの時の弘徽殿女御の年齢は未詳である。実際にはもっと若いのかもしれないが、ここでは読みの可能性としてこのように押えておきたい。ただし道長の妻倫子など四十歳を過ぎてから出産しており、必ずしも折口説が認められるわけではない（吉海「『御堂関白記』における「女方」について」解釈38―1・平成4年2月）。

これだけの強力なバックがありながら、なかなか皇后になれない弘徽殿の焦りと苛だちを思いやってほしい（三后の定員が塞がっているのか、あるいは左大臣側の抵抗か）。今の弘徽殿にとって唯一の楽しみは、遠ざかった帝の愛を取り戻すことではなく、せめて自分の産んだ一の皇子が立坊・即位することである（それが家の繁栄にも直結する）。その望みまでもが更衣によって脅かされたとしたら、弘徽殿でなくとも幸せを守るために反撃（排除）するだろう（面白いことに皇位継承に関しては源氏だけが相手であり、第三皇子以下は問題にもされない）。もっとも天皇の第一皇子だからといって、必ずしも安易に皇太子にしない政策は、むしろ藤原氏の常套であったはずだ。右大臣家は藤原一族の押し進めてきたやり方によって、逆に自らの危機感・不安を強めているわけである。

またここに、余裕や思いやりに欠けた若き帝の盲目的な姿をも見ておきたい。現時点における帝は、聖天子とは程遠い存在であった。これは玄宗皇帝のパロデイであり、聖天子玄宗が晩年に楊貴妃への寵愛故に国を乱すのに対し、桐壺帝には専制君主としての権力もなく、むしろ更衣を失って以後、徐々に聖天子の道を歩むことになるのである。もっともそうではなく、こういった帝の姿勢はあくまで表面的な擬装であり、実は天皇親政をめざす賢帝の計画的な反抗・抵抗なのかもしれないのだが。

ついでながら玄宗には武恵妃という寵妃がいて、その間に寿王という皇太子候補の子供まで存した。その武恵妃の死後、玄宗は嘆き悲しむが、その後楊貴妃を得てこれを寵愛したのである。面白いことにこの楊貴妃は何と息子寿王の妃であり、そのため寿王の立太子も実現しなかった。この枠組みは、まさに桐壺帝の桐壺更衣から藤壺への移行と共通しており、息子源氏の立太子問題や、藤壺との密通までも見通すことができることに留意しておきたい。

なお弘徽殿腹の「みこたち」は、普通には「皇子」と書かれている。しかし朱雀帝以外に男皇子が存在するという記述は見られないので、小学館全集本では「皇女」をあて、朱雀帝の同母姉妹と限定解釈している。これは後に「女皇子たちふた所、この御腹におはしませど」と出ている（四四章）ことや、玉上評釈の「この「皇子たち」は皇女方と考えるべきだ」に依ったものであろう。ただし本多義彦氏は「源氏物語存疑「御子たち」考」（九州大谷国文14・昭和60年7月）において、通説通り一の皇子（朱雀帝）を含めた皇子達と解す方が妥当であると述べておられる。そういった解釈の揺れを含めて、弘徽殿腹の皇女達（源氏の姉宮）にはいささか成立構想上の問題がありそうだ。

9章　前渡り

（更衣心）かしこき御《み》かげをばたのみきこえながら、おとしめ〳〵きずをもとめ給ふ人はおほく、わが身はかよはく、

ものはかなきありさまにて、なかなかなるものおもひをぞし給ふ。
御《み》つぼねはきりつぼなり。あまたの御かたがたをすぎさせ給つつ、ひまなき御まへわたりに、人の御《み》こころをつくし給もげにことはりとみえたり。まうのぼり給にも、あまりうちしきる」（3オ）おりおりは、うちはしわた殿《どの》、ここかしこのみちに、あやしきわざをしつつ、御をくりむかへの人のきぬのすそたへがたう、まさなきことどもあり。

【鑑賞9】「御かげ」には「筑波ねのこのもかのもにかげはあれど君がみかげにますかげはなし」（『古今集』一〇九五番）が踏まえられているのかもしれない。また「疵を求め」とは、「有司毛を吹き疵を求む」（『漢書』中山靖王伝）の引用であり、「直き木に曲がれる枝もあるものを毛を吹き疵をいふがわりなさ」（『後撰集』一一五六番）の引歌とも考えられる。いずれにせよ言葉の一つひとつに何かしら引用があることには驚かされる。なお更衣の疵について、そこに東宮との密通を読み取る説（島内景二氏「光源氏の〈玉の瑕〉をめぐって―もう一つの『源氏物語』を読む―」『源氏物語の探究十三』風間書房参照）もあるが、いかがであろうか。

さて「わが身」とは、一体誰のことなのか。こんな疑問を抱くようになったら、少しは『源氏物語』の読み方がわかってきた証拠である。ここが会話文であれば問題ないけれども、地の文であるからには語り手が主語とならざるをえない。しかし内容的には明らかに更衣が主語となるはずである。その更衣が自分のことを「わが身はか弱く」と言うのも妙であろう。これをどう考えたらいいのだろうか。どうやらここに至って語り手は、遂に登場人物（更衣）と一体化（同化）してしまったようだ。自己の体験談に留まらず、今や〈よりまし〉そのものであろう。それだけ物語は高潮し芝居がかっているのだ。そのニュアンスを是非肌で感じ取っておきたい。ただしこのような感情移入でさえ、作者の意図的な方法であったとしたら、それこそ背筋が冷たくなってしまう。

ここで初めて更衣の局（居所）が桐壺であったと明かされる。桐壺は禁中五舎〈昭陽舎（梨壺）・淑景舎（桐壺）・飛香舎（藤壺）・擬華舎（梅壺）・襲芳舎（雷鳴壺）〉の一つである（淑景北舎については未詳）。その他七殿〈弘徽殿・登花殿・常寧殿・貞観殿（御匣殿）・麗景殿・宣耀殿・承香殿〉を加えると、後宮には計十二箇所の舎殿があることになる（もっとも必ずしも後宮の舎殿が全て塞がっているとは限らない）。すぐに内裏図で位置を確認しておこう（次頁）。そうすれば桐壺が、帝の御座所である清（後）涼殿から最も遠い場所であることがわかるだろう。居所の位置によって、その主人の身分・権力をうかがい知ることができるわけだ。

もちろん後宮における一等地は、清（後）涼殿に最も近い弘徽殿と藤壺である。本来ならば時の権力者の娘がそこを占有するはずであるが、面白いことに『源氏物語』正篇では、弘徽殿は代々藤原氏出身の女御が占め、藤壺は皇族出身者が踏襲している（ただし藤壺入内以前は空いている）。と言っても藤壺は必ずしも昔から一等地というわけではなかったようで、両者のイメージが固定するのは、むしろ『源氏物語』の享受によってであり、また歴史的には彰子が藤壺に入居した後ではないだろうか（増田繁夫氏「弘徽殿と藤壺—源氏物語の後宮—」国語と国文学61—11・昭和59年11月参照）。しかもそれは必ずしも歴史的に証明できるわけではなく、むしろ『源氏物語』独自の価値観であると考えた方がいいかもしれない。

更衣とて父は大納言であるから、身分そのものは決してそんなに低くないのだが、その父が既に亡くなっているのだから、下位の更衣にいい場所を占められてもやむをえない。またおそらく入内も遅かったので、いい場所は既に塞がっていたのであろうか（桐壺更衣が一番若いのかもしれない）。その意味では桐壺更衣も被害者だったのだ。後宮は決して華やかなだけの場所ではなく、女の戦場でもあるのだから。ここで意図的に明かされた「御局は桐壺なり」という一文の重み（巻名にもなっている）を十分味わっておきたい。

更衣はしっかりした後見人がいないために疎外され、最も条件の悪い局（舎）がまわってきた。普通ならば、そんな力のない更衣に帝の寵愛があるなどとは到底考えられない。だからこそまた新たな問題が生じてしまうことになる。つまり帝が更衣の局を訪れるためには、最も長い距離を通過しなければならず、その間にいやでも宣耀殿・麗景殿・弘徽殿など最低でも三人以上の女性の舎殿を素通りするわけである。どうも下へおりて迂回して通うことはできないらしい。これを〈前渡り〉と言う（今井源衛氏「「前渡り」について」『紫林照径』角川書店参照）。『蜻蛉日記』の兼家など、わざわざ道綱の母の家の前を通って、これ見よがしに近江という女の元に通っている。帝の場合は無意識であろうが、素通りされた女の恨みは深い。始めから帝の訪れがないものなら、それはそれで悲しいけれども諦めもつく。また帝が清涼殿から最も近い舎殿に渡るのなら、自分より権力のある人だからと納得できるし、「前渡り」もされないで済む。ところが桐壺更衣の場合はそうはいかない。桐壺（淑景舎）の前にある全ての女性達に一瞬の期待を持たせ、それを「前渡り」によって、しかも「ひまなき前渡り」によって容赦なく踏みにじらざるをえないからである。期待した分だけ恨みも深くなるわけだ。更衣は自分の意志とは無関係に、その存在自体が後宮の秩序を乱す大悪人とならざるをえない。物語に描かれてはいないけれども、他の女御や更衣達も、それなりに苦悩し煩悶し続けていたに違いないのだから。そしてこの苛めが、光源氏誕生の後に描かれている点に留意すれば、必然的に皇子の存在が苛めを激烈にしていると読めるだろう。源氏は二人の愛にとって添え物かもしれないが、後宮の女性達にとってはゆゆしい存在だからである。そろそろ益田氏の読みも修正されるべきであろうか。それにもかかわらず、帝と更衣の愛は源氏抜きで続けられる。そして何故か更衣の源氏に対する愛情が全く描出されていない点に留意しておきたい。

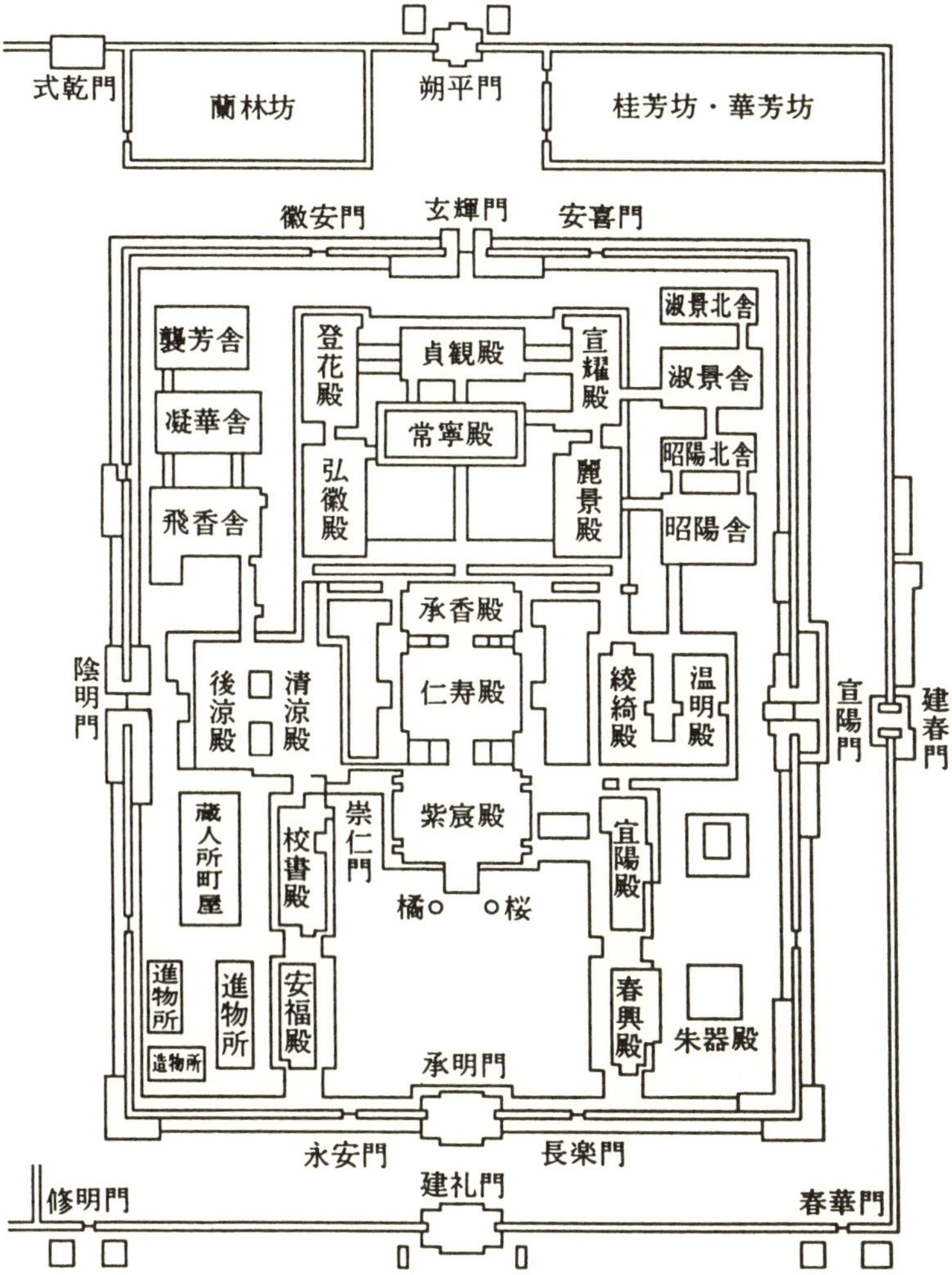
式乾門
蘭林坊
朔平門
桂芳坊・華芳坊
徽安門
玄輝門
安喜門
淑景北舎
襲芳舎
登花殿
貞観殿
宣耀殿
淑景舎
凝華舎
常寧殿
昭陽北舎
弘徽殿
麗景殿
飛香舎
昭陽舎
承香殿
陰明門
後涼殿
清涼殿
仁寿殿
綾綺殿
温明殿
宣陽門
建春門
紫宸殿
蔵人所町屋
校書殿
崇仁門
宜陽殿
橘
桜
進物所
進物所
安福殿
春興殿
朱器殿
造物所
承明門
永安門
長楽門
建礼門
修明門
春華門

〈平安京内裏図〉

ところで局とは、一般には女房に与えられた仕切部屋を指すようだが、従来の説では後宮における一舎殿のこととして問題にもされなかった。しかし本当にそれでいいのかどうか、証拠をあげて説明した人はいない。逆に更衣を舎殿名で呼んだ例が見当たらないことから、更衣という身分では舎殿一つなどもらえないという意見がある（増田繁夫氏「女御・更衣・御息所の呼称―源氏物語の後宮の背景―」『平安時代の歴史と文学文学編』吉川弘文館）。そうすると「御局は桐壺なり」という読みも自ずと変更を迫られる。つまり、それがたとえ桐壺という最悪の条件であろうとも、仮に更衣の分際で舎殿一つを占めているとすれば、歴史的に見ても破格の厚遇（女御待遇）ということになり、むしろ寵愛の深さを表出している証拠にもなりうるからである（あるいは源氏出産後に御息所として賜わったのかもしれない）。また仮に他の更衣と同様、舎殿一つではなくその一部を局として賜わっているだけだとしたら、それこそ読者は何百年もの間、誤読を繰り返していたことになる。

後に源氏は、ここを自らの曹司として与えられ（六九章）、さらに梅枝巻において「この御方は、昔の御宿直所、淑景舎を改めしつらひて」（192頁）と、自分の娘（明石中宮）をわざわざこの桐壺（淑景舎）に入内させている。源氏にとっては、桐壺こそが最も思い出深い所だからであり、明石姫君にとっても祖母のいた場所を継承することになる。もちろんこの場合は権勢家の女御ということで、更衣のような迫害を受けることはなかった。というよりも桐壺のマイナス面を承知の上で、むしろそれを逆手にとって、源氏の権勢を誇示しようとしたとも考えられる。

ただし『日本紀略』永延元年（九八七年）正月五日条に「摂政直廬淑景舎に於て、叙位議」とあり、また『玉葉』承安二年正月三日条に「当時ノ直廬ハ淑景舎也」という興味深い記事が出ており、それを証拠として『国史大辞典』では「女御・更衣らの住したところで、また摂政らの直廬となり、内宴の行われたこともあった」（福山敏男氏執筆）と説明している。内宴に関しては『日本紀略』寛和二年（九八六年）十月二一日条に「右大臣（藤原兼家）ノ息男（道信）淑景舎ノ御前ニ於テ元服ヲ加フ、摂政ノ養子也、従五位上ヲ授ク。饗宴有リ」とある。その他「淑景舎ニ於テ除目」（『日本紀略』天禄元年（九七〇年）八月五日条）、「諸卿陣ノ座ヲ起チ、淑景舎ノ座ニ著ス、除目之事行ハル」（『本朝世紀』正暦元年（九九〇年）七月二八日条）の如く除目も行われている。そうすると後宮女性の舎殿としては最低かもしれないが、男性の利用地としては最高の場所という表裏の実態が見えてくる。桐壺を源氏が曹司として用いていることも、単に亡き母の思い出の場所（感傷的意味）というだけでなく、そういった政治的意味をも読み取るべきであろう。本文にも「この大臣の御宿直所は昔の淑景舎なり。梨壺に東宮はおはしませば、近隣の御心寄せに、何ごとも聞こえ通ひて、宮をも後見たてまつりたまふ」（澪標巻120頁）とあるように、桐壺は梨壺に居住する東宮からはむしろ最も近い位置になるからである。

こうして明石姫君は、帝ならぬ東宮に女御として入内（亡き祖母桐壺更衣の悲願を継承？）するのである。もちろん帝の後宮に東宮が居住することもある（一条帝の後宮にいる東宮（三条帝）の女御原子（淑景舎）がまさに好例である。また物語では『とりかへばや物語』の東宮の例等もある）。この時の東宮は朱雀上皇の皇子であるが、前述の如く冷泉帝の後宮（梨壺）に住んでいると考えて間違いあるまい（東宮御所入内ではなさそうだ）。東宮の住居・後宮についてどのように把握すればいいのか、現在のところ不明な部分が多いので、早急なる研究の進展を望みたい。なお桐壺については、吉海『源氏物語の新考察』（おうふう）を参照していただきたい。

とはいえ帝の訪れであれば、後宮の女性達も無力であった。逆に更衣が帝に呼ばれて夜のおとどに参上するとなると、それが「あまりうちしきる」と、今度はもう黙って見過ごすわけにはいかなくなる。「馬道」が具体的にどこかは描かれていないけれども、弘徽殿が積極的に動いているという読みは可能であろう。もちろん実際に動いているのは乳母や女房達である。本人はそれを知っているのか知らないのかわからない。ただ、直接本人が命令していなくても、最終責任は結局主人にかぶさってくる。葵巻における車争いなどその好例であった。

さてここで言う「あやしきわざ」とは一体何だろうか。どうも『源氏物語』には朧化表現が多く、いま一つ明確に理解できないことがままある。そこが『源氏物語』たる所以でもあろう。この場面を歌舞伎で見ると、何と魚の内臓をばらまいていた。しかし実際はそうではなく、やはり糞尿（汚物）なのだ。このモデルとしては、藤原朝光娘姫子（花山帝女御）に対する後妻のいやがらせ事件があげられる。『栄花物語』花山たづるぬ中納言巻には「御継母の北の方のいかにし給つるにかとまで、世人申思へり。みかどの渡らせ給打橋などに人のいかなるわざをしたりけるにか、我ものぼらせ給はず、上も渡らせ給はず」とだけ記されている。面白いのは、衣の裾を汚す前に掃除でもしたらいいのにと思うのだが、更衣付きの高級な女房は、そんな卑しい仕事はしないのであろう。ついでながらこれは神聖なる宮中を汚す行為でもあり、それを行う方もただでは済むまい。となるとこれは単なるいやがらせではなく、呪詛《じゅそ》として読めるのではないだろうか。本居宣長も「不浄をまきちらすは、人を詛《のろ》ふしわざなり」（『源氏物語玉の小櫛』）と述べている。それ程に後宮が緊張・切迫していることをこそ読み取っておきたい。なお「まさなき」（青表紙本・別本）とは予想もしていないという意だが、河内本ではそれを「さがなき」としており、積極的に悪いイメージを強化している（五三章では弘徽殿の評価に使用）。

10章　上　局

又ある時は、えさらぬめだうのとをさしこめ、こなたかなた心をあはせて、はしたなめわづらはせ給時もおほかり。ことにふれてかずしらずくるしきことのみまされば、いといたう思ひわびたるを、（御門）いとどあはれと御覧

じて、後涼殿《こうりやうでん》に、もとよりさふらひ給更衣《かふい》のざうしを、ほかにうつさせ給て、うへつぼねにたまはす。そのうらみましてやらんかたなし。」（３ウ）〈絵１〉

【鑑賞10】「多かり」とは、普通は形容詞の補助活用であるが、『源氏物語』では終止形が独立して多用されている。むしろ漢文訓読調の「多し」という用例は少なく、形としてはまさに形容動詞カリ活用であった。おそらく「多かり」は女性語なのであろう。本来は敵同志であるはずの女御達が、桐壺更衣を苛めるために妙な連携プレーを行った。協力し合ったのは弘徽殿と麗景殿（花散里の姉）であろうか、それとも麗景殿と宣耀殿であろうか。あるいはそこに承香殿も参加しているのであろうか。ただし弘徽殿以外の存在は桐壺巻では確定できない。「あてにらうたげ」（二花散里巻205頁）な麗景殿は、むしろ更衣死後の入内であろうか。

これに対して更衣は、意識していたかどうかは別にして女の弱さを最大の武器にして戦った。少なくとも更衣は決して身をひいてはいないのである。これが源氏誕生後だとすると、更衣は女ではなく母として強く生きようとしているのかもしれない。また後涼殿の上局を与えられたことに対して、決してそれを拒否してはいないし、相手の更衣に対する同情も描かれておらず、むしろ喜んで堂々とそれを利用して逢瀬を重ねているのではないだろうか。一方、曹司を取り上げられた更衣は、おそらく帝の寵愛既になく、ただそこを所有していること（女御昇格の可能性）が唯一のプライドだったろう。もちろんただの更衣であるから上局ではなく、まさしくそこが与えられた局そのものだったのかもしれない。当然今度はもっと立地条件の悪い局に移るわけである。この更衣の生きがいは、もはや桐壺更衣に対する憎しみしかない。

それにしても、何故これほどまでに帝自身が後宮の秩序を乱そうとするのだろうか。ひょっとすると更衣の小悪

〈絵１　光源氏参内〉

魔的な魅力が、帝の理性・自制心を奪っているのかもしれない。もしそうなら、我々は更衣に対する従来の見方を、根本的に改めなければならなくなるのだが。また桐壺帝自身、古代英雄の一面を有している最も天皇らしい天皇なのかもしれない。しかし摂関体制が確立している時代においては、〈天皇制〉そのものが天皇の行動を規制しているので、逆に問題児とならざるをえないことになる。ここに天皇と藤原氏の緊張関係を読み取っておきたい。

ついでながら上の御局とは、普通には天皇の御座所近くにある弘徽殿と藤壺の局を言う。もしこれが藤壺の局なら、嫉妬深い弘徽殿のモデルとして、村上天皇の后安子が浮上してくる。『大鏡』の師輔伝には「藤壺・弘徽殿、上の御局は程もなく近きに、藤壺の方には小一条の女御（芳子）、弘徽殿にはこの后（安子）上りておはしましあへるを、いとやすからずおぼしめして、えやしづめ難くおはしましけむ、中へだての壁に穴をあけてのぞかせたまひけるに、女御の御容貌のいと美しうめでたうおはしましければ、うべ時めくにこそありけれと御覧ずるに、いとど心やましくならせたまひて、穴よりとほるばかりのかはらけの割れして打たせたまへり」とあり、髪長く美人の誉高い宣耀殿を苛めているからである（ただし両者の舎殿と上の御局は不一致）。桐壺更衣から藤壺への移行も、舎殿そのものは相違するのであるが、上の御局が一致しているとすれば、その方がむしろ理解しやすいわけである。ただしここは後涼殿の上局（場所不明）であるから、残念ながら両者は相違する（上の御局と上局も別物）。

11章　袴　着

このみこ（源氏）みつになり給とし、御はかまぎのこと、一の宮《みや》（朱雀院）にたてまつりしにをとらず、くらづかさ、おさめとののものをつくして、いみじうせさせ給ふ。それにつけても世のそしりのみおほかれど、このみこ

（源氏）のをよすけもておはする、御かたち心ばへありがたくめづらしきまでみえ給を、えそねみあへ給はず。ものの心しり給人は、かかる人も世にいでおはするものなりけりと、あさましきまでめをおどろかし給ふ。

【鑑賞11】　源氏三歳の時、盛大に袴着の儀式が行われる。これは乳幼児から少年に移る人生（通過）儀礼であるが、ここまで育てば幼児の死亡率も低下し、将来の計画もたてられる。物語は今、一つの転機にさしかかろうとしているようである。「およすけ」とは、意味としては成長することだが、清濁も「す」と「つ」の区別もわからない非常にやっかいな言葉である。そもそも連用形以外の活用すら未だ発見されていない。

三歳着袴の先例としては、冷泉院（東宮時）・円融院（親王時）・花山院（東宮時）・一条院（親王時）があげられており（『河海抄』）、源氏の袴着も政治的に大きな意味を有していることは疑えない。ここにおいて再び一の宮と比較され、むしろそれ以上に盛大に、しかも内蔵寮（中務所轄）や納殿（宜陽殿）といった皇室財産を費やして催されることになる。しかし次期東宮と張り合うことは、そのこと自体政治的には大変な危険性をはらんでいた。源氏の美貌や才能を賞賛することには何の問題もない。だがそれを一の宮と比べ、兄にもまさると公言したとしたら、暗に源氏の方が東宮にふさわしいと言いふらしているようなものである。それを他ならぬ帝（父）自身がやっているのだから始末が悪い。これでは一の宮の母弘徽殿女御や外祖父右大臣も安心してはいられない。「人のそしり」（二章）が「世のそしり」に拡大する所以である。かろうじて源氏の愛くるしさが救いとなっているものの、源氏の美質はそのすばらしさ故に、世を乱し自らをも傷つける〈**もろ刃の剣**〉であった。

なお袴着には着袴親の役があって、血縁者の長（源氏の後見人）が務めるはずであるが、誰がなったのか描かれていない。左大臣の出番はまだだし、帝が自身でやったとも思えないし、まして祖母や母親ではあるまいから不明と言わざるをえない。あるいは後に後見として登場する右大弁（四六章参照）であろうか。また奇妙なことに、このめでたい場面に母親たる更衣や祖母北の方の姿が見えない。物語は何故か親子の情愛を意識的に捨象しているようである。

12章　死の予感

そのとしの夏《なつ》、みやす所《どころ》（桐壺更衣）はかなきここちにわづらひて、まかでなむとし給を、（御門）いとまさらにゆるさせ給はず。としごろつねのあつしさになり」（4ウ）給へれば、御めなれて猶しばしこころみよとのたまはするに、（更衣）日々《び》にをもり給て、ただ五六日のほどにいとよはうなれば、ははぎみなくなくそうして、まかでさせたてまつり給ふ。かかるおりにもあるまじきはぢもこそと、こころづかひして、みこ（源氏）をばとどめたてまつりて忍びて出給ふ。

【鑑賞12】「その年」とは、当然源氏三歳の春のこと。その袴着が終わった途端、待ってましたとばかり更衣の死が描かれる。源氏の誕生日が十月二三日であったとすれば（五章参照）、生まれた時点で一歳になり、一ケ月余りで新年を迎えて二歳、その翌年が三歳であるから、満で言うと一歳半位になる。これが母の記憶を持ちえないぎりぎりの年齢設定であろうか。これは明らかに作為的な展開であろう。作者はいよいよ光源氏を主人公とする物語を意識し始めたようだ。その証拠に、更衣の呼称が「御息所」と変化している。これまで帝の妻として設定されていたのに、ここでは源氏の母という二次的な呼び方がなされているのである。しかし、そう簡単に更衣を葬りはしない。

あくまで美しく、あくまで印象深く、死の場面をドラマチックに盛り上げていく。この更衣の印象が、これからの物語を方向付けていくのだから。

更衣は病弱（結核性疾患ではなく胃癌らしい）であり、それがまた帝の愛を一層深めたとも言える。帝もそれをいつものことと安易に考え、宮中での療養を命じた（あるいは妊娠していたか？）。というよりも最愛の女性を里下がりさせたくなかったのだ。ところが今回は日一日と体力も消耗し、一週間も経たないうちに回復の見込みもない危篤状態になってしまった。夏の暑さも追い撃ちをかけたに違いない。更衣は帝に愛されたために死ななければならないのだ。帝の寵愛は、ある意味では**殺人的行為**ということになる。もっとも更衣の死は物語の必然として要請されたものだから、どのような理由付けも空虚にしか響かない。むしろ更衣は死ぬことによって物語の中で永遠の生を得たと考えたい。

ここで言う「あるまじきはぢ」とは、具体的には何を意味するのだろうか。益田氏は死によって宮中を穢すことと考えていらっしゃる。皇子が一緒なら、こっそりと退出することなど不可能であり、それなりに行列などを整えたり、吉日を選んだりしなければならないはずである。しかしそんなことをしている時間的余裕など、今の更衣には全くなかった。この臨終場面は帝と更衣の別離が主題となっており、最愛の子源氏の存在感は薄い。というよりも更衣と源氏との別れに関しては何もコメントされておらず、まさに添え物でしかなかった。

文末に「出給ふ」とある点、ここで更衣がすんなりと退出したのかと思ったら大間違いであり、次の文を読むとまだ宮中にいることがわかる。文章の構成・時間の流れとしては少々おかしい気もするが、決して下手な文章なのではなく、逆に『源氏物語』に多く見られる文体の一つと考えられる。つまりあらかじめ結論を述べ、その後であらためてそこに至る過程を詳しく述べるという**仕切直し**の手法である。ここは一種のクライマックスなのだ。源氏の須磨下向の折にも、やはり同じ手法が用いられていた。また叙述の視点も移動しており、最初は更衣側の論理で書かれていたものが、続いて帝側の立場から再度時間を重複させて叙述され、それによって事の真相が肉付けされることになるのである。

13章　衰　弱

（御門）かぎりあればさのみもえとどめさせ給はず。御覧じだにをくらぬおぼつかなさを、いふかたなくおぼさる。（更衣）いとにほひやかにうつくしげなる人の、いたうおもやせて、いとあはれと物を思ひしみながら、〳〵ことにいでても聞《きこ》えやらず、あるかなきか」（5オ）にきえいりつつものし給を御らんずるに、（御門）きしかた行末《ゆくすゑ》おぼしめされず、よろづのことをなくなくちぎりのたまはすれど、（更衣）御いらへもえきこえ給はず、まみなどもいとたゆげにて、いとどなよなよと〳〵われかのけしきにてふしたれば、（御門心）いかさまにかとおぼしめしまどはる。

【鑑賞13】　一読してわかるように、「限り」という言葉が重要な意味を帯びている。もちろんこのあたりに何度も使われているから、キーワードだと言うのではない。言葉の重みを含めてのことである。当然この「限り」は、今でいう限度などといった一般的な意味ではない。もっと正式な、もっと緊張感のある言葉であり、「規則」とか「掟」、あるいは「法律」とか「タブー」と置き換えた方がわかりやすかろう。天皇は天皇であるが故に、〈天皇制〉によって厳しく規制される。最愛の女性がまさに死んでいこうとしているのに、神聖な宮中にある以上、死の穢れは絶対に忌避せねばならないから、天皇はその臨終を見取ってやれないのだ。もちろん更衣の里に一緒に行幸することも許されない。掟は愛よりもはるかに強大であった。

「ことに出でても聞えやらず」は、やはり「言に出でていはぬばかりぞ水無瀬川下に通ひて恋しきものを」（『古今集』六〇七番）の引歌であろう。「我かの気色」とは意識不明という段階ではなく、もはや死の前兆であった。夕顔怪死の場面においても、同様に「我かの気色なり」（夕顔巻113頁）と用いられている。ここで注意しておきたいのは、更衣の様子が「うつくしげなる人」・「たゆげにて」と、帝の目を通して主観的に描かれている点である。これは続く十四章にも、「聞こえまほしげ」・「ありげ」・「苦しげ」・「たゆげ」と多用されている。また二章に「もの心細げに」、四章に「心細げなり」とあり、三五章にも「らうたげなりし」と回想されていた。桐壺更衣は一貫して「―げ」な女としてのみ描かれており（三田村雅子氏「語りとテクスト」国文学36―10・平成3年9月）、決してその本質が暴露されることはなかった。

なお原則として、今上天皇は「帝」であって、特別の呼び名はないのが普通である。諡《おくりな》は天皇の崩御後に付けられるものだから、生存中の天皇に呼び名がある方がむしろおかしい。もちろん物語のなかでも、「桐壺帝」などと呼ばれたことは一度もなかった。この帝は桐壺更衣を深く愛されたがために、その愛の証として、後世桐壺帝と呼ばれるようになったのだ。その呼称が用いられる点に、自ずと享受者の読み（願望）が反映されているわけである。

14章　辞　世

てぐるまのせんじなどの給はせても、又いらせ給てはさらにゆるさせ給はず。かぎりあらんみちにも、をくれさきだたじとちぎらせ給けるを、さりともうちすてては えゆきやらじとの給はするを、女（更衣）もいといみじとみ

たてまつりて、」（5ウ）
（更衣）かぎりとてわかるる道《みち》のかなしきにいかまほしきは命《いのちなり》成けり
いとかく思ふ給へましかばと、いきもたえつつきこえまほしげなることはありげなれど、いとくるしげにたゆげなれば、（御門心）かくながらともかくもならんを御らんじはてんとおぼしめすに、けふはじむべきいのりどもさるべき人々《びと》うけたまはれる、こよひよりと聞えいそかせば、わりなくおもほしながらまかでさせ給ひつ。

【鑑賞14】 退出（＝死別）を前提として、せめてもの思いやりから輦車《てぐるま》使用の許可が与えられる。これで桐壺更衣は女御待遇となった。自らの死と引き替えに授かったもののなんとちっぽけなことか。なお輦車の宣旨に関して、『河海抄』では「仁明天皇女御藤沢子（紀伊守贈左大臣総継女）病ニ依テ退出之時、輦車ヲ聴《ゆる》サル。卒逝之後、少納言ヲ以テ三位ヲ贈ラル云々」と注しており、贈三位を含めてこの藤原沢子を更衣の準拠と見ているようである（一八章参照）。

これが本当に最期の別れだと思ってか、帝はいつになく冗舌（動）であった。まるで子供みたいに駄々をこね、無意味な約束ばかり並びたてている。動揺してはいるが、これも愛の一表現には違いない。一方更衣は、終始無言（静）であった。これほどまでに愛し合っているのに、帝と更衣の心のズレが悲しい。帝は「えゆきやらじ」と言い、退出が死出の旅なら退出させたくないと訴える。

ところで更衣が突然「女」と呼称されていることに注目しておきたい。これは身分とか地位とかを捨て、一個の女性という立場にあることを示しており、恋愛の高潮期などにしばしば用いられる呼称である。そうして最後の力を振り絞り、日常言語ではなく和歌（辞世）によって「いかまほしきは命なりけり」と、自らの生への執着を述べる。これが更衣の唯一の詠歌である点には留意しておきたい。おそらく更衣の混沌とした思いは、重層的な和歌的技法（掛詞）によってしか表白（凝縮）しえないものであったのだろう。肯定と否定の相反する内容を、係助詞「は」を用いることによって、行きたくないのは身であり、生きたいのは命であると巧みに表現している。もっともこれは更衣の独自表現ではなく、既に「別れ路はこれや限りの旅ならんさらにいくべき心地こそせね」（『道命阿闍梨集』）があり、これを本歌としているのかもしれない。

それに対して帝は、今まで帝という立場を越えて更衣一人を愛そうとしてきたけれども、この最も大事な場面においてついに一対、つまり「男」になれず、しかも歌によって更衣に答えることさえもできなかった（贈答不成立）。死を覚悟した更衣の精神的な強さと、逆に帝の狼狽・幼児性を読み取っておきたい。もっとも桐壺更衣は決して後宮の敗北者ではない。もし更衣が敗北したとすれば、それは帝との愛が〈天皇制〉を越えられなかっただけである。なおこの辺りには、白楽天の「李夫人」中の「夫人病みし時肯て別れず、死後留め得たり生前の恩」という一節が下敷きになっているようである（その他に李夫人説話も関与しているらしい）。

また、更衣は帝に何か遺言したかったらしいけれども、結局「いとかく思ふ給へましかば」以外、何も言えずに絶句したまま去っていった（物語における更衣の発言は、この中途半端な反実仮想の一言だけであった）。普通なら遺言として遺児のことを託すはずだが、女という呼称にこだわれば、あくまで男女の恋愛を貫いたことになる。あるいは一三章の〈御息所〉という呼称を重視すれば、源氏の将来（立太子？）について託したかったけれども、もはや口もきけなくなったと読める。更衣の無念さはいかばかりであったろう。しかし考えようによっては、むしろここで何も語らなかったことが、かえって帝に強い印象を与えたと思われる。時として目は口以上の伝達機能を果たすものである。無言で訴えかけた更衣のまなざしの効果は非常に大きかった。それが意図的な演技かどうかは別にして、この更衣の遺志は帝に了解されていたと考えられる（藤井貞和氏「神話の論理と物語の論理」『源氏物語の始原と現在』参照）。しかし今後どのように具現されるかは保証できまい。ここで劇的に印象づけられた**遺言**（一家の遺志）だからといって、スムーズに実現していくはずはないのだから。

帝は掟と愛の葛藤のはざまで、諦めと執着のあわいに揺れながら、遂にタブーを破ってまでも自らの愛を貫こうと思った。ここで帝が帝であることを捨て、一介の男性として更衣の死を見取っていたら、おそらく現在のような『源氏物語』にはならなかったであろう。そのタブーをギリギリの線で破らせなかったのは、つまり帝と更衣の純愛を引き裂いたのは、なんと最も良き理解者であるはずの更衣の母であった（やはり乳母の不在が気になる）。「聞えいそがせ」たのは里からであろうか。それとも娘に付き添って退出するために、現在宮中にいるのであろうか。いずれにしても、今さら娘を退出させてももはや回復の望みはないのだから、本当は加持祈祷などたいして意味がない。どうせなら愛する男の胸の中で息を引き取らせてやりたい。しかし母は私情に押し流されることなく、臣下としての道を厳守（〈天皇制〉に服従）して、死期迫る更衣を無理やり退出させた。そこに貴族の誇りがあるとしたら、気丈な母の心根も悲しく哀れである。

ここで淑景舎の用例を調べたところ、「淑景舎ニ死穢有リ」（『江次第抄』延喜十年五月七日条）、「是淑景舎顛倒シテ七歳ノ童打殺ノ穢也」（『扶桑略記裏書』延喜十五年五月六日条）、「淑景舎ニ犬ノ死穢有リ」（『西宮記』延喜十八年六月十一日条）などの如く、死穢のイメージが漂っており、その繰り返しの恐れが、北の方をして更衣を必死に退出させた理由の一つなのかもしれない。

こうして冷酷非情に桐壺更衣の物語は終焉を迎えた。しかし敗北者の物語であるがゆえに、かえってそこに確かな真実が浮き彫りにされ、人の胸を熱くする抒情が漂っているとも言えるのではないだろうか。

15章　死　去

御むねのみつとふたがりて、つゆまどろまれずあかしかねさせ給。御つかひのゆきかふほどもなきに、なをいぶせさをかぎりなくの給はせつるを、夜なかうち」（6オ）すぐるほどになん、（更衣）たえはて給ぬるとてなきさはげば、御つかひもいとあへなくてかへりまいりぬ。

【鑑賞15】　更衣は夜陰に紛れてひっそりと退出した。こういった行動（含入内）が夜に行われることも知っておかねばなるまい。物語における夜の時間は、恋愛も含めて昼間よりも何倍も重要なのである。

その後、帝は眠れぬ夜を過ごすことになる。「いぶせさ」は、「たらちねの母が飼う蚕の繭こもりいぶせくもあるか妹に会はずして」（万葉集二九九一番）の引歌であろうか。もちろん更衣の里にはすぐさま見舞の使者を出している。その使者がまだ帰ってくる時間でもないのに、落ち着いて待っていることもできない帝であった。しかし可愛そうなのはむしろこの使者の方である。縁起のいい勅使なら、たくさんの褒美にもありつけるだろうが、今度の場合は病気見舞とは言え、結果は目に見えている。案の条、既に更衣は絶命していた。実家では更衣の死でうろたえており、使者に応対している心の余裕もあるまい。また更衣死去の報告では、待っている帝が喜ぶはずもない。さてどのように奏上したらよいものやら。なんとも憂欝な役目であった。

16章　皇子退出

（御門）きこしめす御心まどひ、なに事《ごと》もおぼしめしわかれずこもりおはします。みこ（源氏）はかくてもいと御らんぜまほしけれど、かかるほどにさふらひ給れいなきことなれば、まかで給なんとす。なにごとかあらん共おもほしたらず、さふらふ人々《びと》のなきまどひ、うへ（御門）も御なみだのひまなくながれおはしますを、あやしとみたてまつり給へるを。よろしきことにだに、かかるわかれのかなしからぬはなきわざなるを、ましてあはれにいふかひなし。

【鑑賞16】　非常事態に備えて、わざわざ宮中に留めた源氏であるが、母の死が確認された今は、喪に服すためすぐに実家に帰さなければならない（ただし『源語秘訣』によれば、延喜七年以降は幼児に服喪の義務はない）。おそらく乳母（大弐乳母？）などに付き添われて退出するのであろう。ここに「よろしきこと」とあるのは、もちろん「良い」ことの意ではなく「普通」の場合である。尋常の場合でもというのは、この更衣の死が尋常でない（寿命を全うしていない）ことを暗示しているようにも受け取れる（五三章参照）。

更衣を失った悲しみに加え、源氏とも別れねばならぬ帝の悲しみ。いや帝ばかりではない。源氏付の女房達も皆泣き悲しんでいる。泣いていないのは、母の死ということが実感できぬ幼い源氏だけであった。そもそも源氏の養育に母はほとんど関与していないのだから、成長後の意識は別として、今の源氏にはなんの喪失感も悲愴感もない。年端もいかぬ源氏の不思議そうな顔が、一層周囲の人々の涙を誘う。なお「あやしと見奉り給へるを」の「を」に関して、萩原広道の『源氏物語評釈』では「をもじ下に係る所なし。もしくは衍文《えん》か」と注している。確かに「を」が連続しており、ややくどい感じがする。しかしここは下へ続けるのではなく、切れると解して間投助詞の「を」と見ておきたい。どうも底本には「を」が多用されているようである。

真に源氏の物語を展開するためには、遅かれ早かれ二人の純愛物語に終止符を打たなければならなかった。その意味では、桐壺巻が後から書かれたことの証拠にもなろう。必然的に更衣の退場（排除）が選択され、非情にもその死が語られる。だが読者は決して嘆いてはならない。登場人物の多くは、生死の判断もつかないまま、物語から静かに消え去っているのだから、その死をこのように描いてもらえただけでも有難いことなのだ。

こうして母のいない〈一人子〉源氏の物語が、いよいよ始動する。母性欠如の精神的欠陥人間たる源氏は、その心の穴（喪失感）を埋めるために、永遠に代償を求め続けなければならない。しかしその前に、しばし母更衣に対するレクイエムに耳を傾けておこう。

17章　葬　儀

かぎりあればれいの」（6ウ）さほうにおさめたてまつるを、はは北の方おなじけふりにものぼりなんとなきこがれ給て、御をくりの女房《ねうはう》のくるまにしたひのり給て、をたぎといふ所に、いといかめしうそのさほうしたるに、おはしつきたるここち、いかばかりかはありけん。〳〵むなしき御からをみるみる、猶おはするものと思ふがいとかひなければ、〳〵はいになり給はんをみたてまつりて、今はなき人とひたふるに思ひなりなんと、さかしうの給つれど、くるまよりおちぬべうまどひ給へは、さは思ひつかしと、人々《びと》もてわづらひ聞《きこ》ゆ。

【鑑賞17】　またしても「限り」とある。これを身分上の作法と見るか、遺体安置期間ととるか、の二説が存する。しかし「いといかめしうその作法したる」とある以上、更衣は分相応に手厚く葬られたと見る他あるまい。後者で考えると、亡くなってから吉日を選ばせたりしているうちに、すぐ数日が経過するであろう。蘇生の望みもたたれたとしたら、せめて美しいまま葬ってやりたい。季節が夏でもあり、早くしないと遺体も腐敗してしまうから。

本文に「煙」とあることによって、これが火葬であることがわかる。宇治大君の例「ひたぶるに煙にだになしはててむと思ほして、とかく例の作法どもするぞあさましかりける」（八総角巻259頁）も参考になろう。なお火葬はインド仏教（中国では必ずしも火葬ではない）との関係で日本に伝来しており、大化二年（六四六年）三月二二日の詔に詳しく規定されている。その初見は『続日本紀』文武天皇四年（七〇〇年）三月十日条の道昭卒伝に見える「粟原ニ於テ火葬ス。天下ノ火葬此従シテ始レリ」とされている。天皇としては、大宝三年（七〇三年）十二月十七日に持統天皇が飛鳥岡で火葬されており、それ以降貴族達は次第に火葬に従ったらしい。本文中の「例の作法」を単純に火葬と見る説もあるが、この当時それほど一般的になっていたかどうかは未詳である。

火葬場として有名なのが「愛宕」（横笛巻70頁にも用例あり）であり、「鳥辺野」（夕顔巻145頁）という名称も知られている（この両者が同一場所かどうかは未詳）。本来ならば北の方は邸に残り、野辺の送りには立ち合わない予定であったらしい（源氏が同行したかどうかも不明）。あるいは逆縁の場合、親は子の葬儀に同行しないのかもしれない。しかし北の方には娘の死がどうしても信じられないので、遺体が焼かれるところを確認することによって、本当に死んだのだと諦めたいからなどと理屈を言って（娘に敬語を用いていることに注意）、泣き惑いながらも葬送の場にやってきた。しかし実際は冷静ではいられず、悲しみのあまりに牛車から転がり落ちそうになる。

なおこの辺の描写は、御法巻における紫の上の葬送場面にそっくり再利用されている。それを作者の限界と見るよりも、むしろその類型（物語内本文引用）が桐壺巻との密接な関係を象徴していると見たい。

限りありける事なれば、骸を見つつもえ過ぐしたまふまじかりけるぞ、心憂き世の中なりける。はるばると広き野の所もなく立ちこみて、限りなくいかめしき作法なれど、いとはかなき煙にてはかなくのぼりたまひぬるも、例のことなれどあへなくいみじ。空を歩む心地して、人にかかりてぞおはしましけるを、見たてまつる人も、さばかりいつかしき御身をと、ものの心知らぬ下衆さへ泣かぬなかりけり。御送りの女房は、まして夢路にまどふ心地して、車よりもまろび落ちぬべきをぞ、もてあつかひける。（七御法巻189頁）

ところで「泣き焦がれ給て」という表現は、その前の「煙」の縁語である。「むなしき御からをみるみる」は「空蝉はからを見つつもなぐさめつ深草の山煙だにたて」（『古今集』八三一番）の引歌であろう。この歌は藤原基経が亡くなって深草に埋葬（火葬）された後に詠まれたものであるが、その折の葬儀を意識しているのであろうか。また「灰になり給はんを見奉て」という表現にも、『拾遺集』の「燃えはてて灰となりなむ時にこそ人を思ひのやまむ期にせめ」（九二九番）が下敷きになっているらしい。いずれにせよ、このような悲しい場面にも和歌的技巧がふんだんにちりばめられている点、『源氏物語』の特徴的な一手法として留意しておきたい。高尚な物語においては、悲しみさえも文学的表現を要求されるのである。

さて娘の葬儀において、北の方は醜態を晒した。そのことによって心ある享受者は、北の方の悲しみの深さを知り、惜しみない同情を寄せる。しかしこの場面に、やや冷ややかな視線が存することに注目したい。それは、慟哭する北の方をもてあます女房たちのまなざしであった。おそらく彼女達は更衣と共に宮中から退出した、更衣付きの女房ではないだろうか。彼女達にとって更衣の死は、取りも直さず職を失うことでもあり、泣いてばかりもいられぬという複雑な悲しみであったろう。その両者の対比・差異が見事である。

それにしても、ここにも更衣の乳母は登場していない。普通だったら乳母こそが更衣の一番の身内であるから、北の方以上の悲しみが描かれて当然なのだが、結局更衣の乳母は一度も姿を見せなかった。やはり「はかばかしき御後見しなければ」（四章）というのは、父の不在以上に乳母の不在をも意味していたのであろう。もしそうだとすると、更衣の後宮生活は本当に針の蓆だったことになる。そして北の方は父の代行だけでなく、乳母の役割をも担わされていたわけだ。本来ならば、最愛の女性の葬儀だから、天皇自らも葬儀に出席したかっただろう。しかし〈天皇制〉という制度が、やはり天皇の行動を厳しく拘束する。天皇は天皇であるために、愛する人の臨終に立ち会えないばかりか、葬儀の場にも行幸することはできなかった。その悲しみはいかばかりであったろうか。

18章　三位追贈

うち（内裏）より御つかひあり。三位《みつ》のくらゐをくり給よし、勅使《ちよくし》き」（7オ）て、その宣命《せんみやう》よむなんかなしきことなりける。女御《ねうご》とだにいはせずなりぬるが、あかずくちおしうおぼさるれば、いまひときざみのくらゐをだにと、をくらせ給なりけり。是につけてもにくみ給人々《びと》おほかり。物おもひしり給ふは、さまかたちなどのめでたかりしこと、心ばせのなだらかにめやすくにくみがたかりし事など、いまぞおぼしいづる。さまあしき御もてなしゆへこそ、すげなうそねみ給しが、人がらのあはれになさけありし御心《み》を、うへ（御門）の女房《ねうはう》なども恋《こひ》しのびあへり。〳〵なくてぞとはかかるおりにやとみえたり。

【鑑賞18】　この段落のおかれた位置により、勅使は葬儀の現場で宣命を読んだようにも受け取れるが、実はそうではなかった（高田信敬氏「桐壺外伝―三位のくらゐ贈りたまふ―」むらさき24・昭和62年7月参照）。宣命は北の方の邸で読まれていたのである。その叙述順序の逆転・時間の引き戻しを、「なりけり」という草子地が如実に物語っていた。所謂**挟み込み**の手法と考えればよかろう。

故大納言の娘を女御にすることは世間が承知しないだろうからと、せめて女御に準じる待遇と位を与えた帝であった（三位になれば、卒ではなく薨となる）。副助詞「だに」を重視すると、本当は后にしたかったのかもしれない（『湖月抄』には「この詞にて后にもなりぬべく思召しおかれし心見えたる也」と注されている）。退出の際の「輦車の宣旨」といい、この「贈三位」といい、それが帝にできる精一杯の愛の証であった。更衣の排除か昇格かという問題は、更衣の死という策略によって同時に解決されたのである。しかしそれすらも後宮の多くの人々の反感を買う結果となる（「憎み給ふ人々」とは、弘徽殿や更衣達であろうか）。桐壺更衣に対する憎しみの念はそれ程に深かったのであり、女御の位というものもそれ程に重いのである。また視点をずらせば、この贈三位は桐壺更衣への単純な愛情の発露ではないかもしれない。いやそう見せかけながら、実は光源氏の出自を引き上げているのであろう。今や源氏は、三位の母から誕生した高貴な皇子となったのだ。このあたりの物語の仕掛けをも考慮しておきたい。

亡くなった更衣の準拠としては、前述（一四章）の仁明天皇女御沢子（故紀伊守従五位下藤原総継の娘）の卒伝があげられている。『続日本後紀』に「寵愛之隆。独リ後宮ニ冠ス。俄ニ病シテ困篤ス。小車ニ載セ。禁中ヨリ出ズ。纔《わづかに》里第ニ到リ便絶。天皇之ヲ聞キ哀悼。中使ヲ遣リ従三位ヲ贈ル也」（承和六年六月三十日条）とあり、父の身分が低いこと・その父が既に亡くなっていることをはじめとして、沢子の寵愛・急死・輦車（小車）・贈三位など類似点が多いからである（ただし沢子は四位で既に女御であった）。思うにわざわざ『続日本後紀』にこう記されているのは、これが尋常のことではないからであろう。だからこそ更衣のモデルとして浮上しうるのだ。さらに沢子腹の皇子には、将来天皇となる時康親王（光孝）がいたのだが、この時康と源氏にも性格や才能などに類似点が見られる（四八章参照）。

しかしながら亡き更衣のことを思いおこせば、その様・容貌は言うに及ばず、非の打ちどころのない女性であったことが、心ある少数の人々によって、今ようやく納得される。この人々とは、あまり利害にかかわらない上の女房であろう。しかし「すげなうそねみ給」うと敬語が用いられている以上、「もの思ひしり給ふ」女御達とするべきであろうか。つまり更衣の死によって女御達の連合は解消し、ここからは弘徽殿のみの個人プレーとなるのである（逆に弘徽殿が今度は嫉妬の対象になる）。

ここに「なくてぞ」という引歌が登場する。これは『源氏釈』所引の「ある時はありのすさびに憎かりきなくてぞ人は恋しかりける」（出典未詳）を引用しているらしい。引歌とは韻文的技法であるが、やはり享受者の教養が問われる。つまり和歌の一部分を引用しているわけだが、引いているところに意味があるのではなく、むしろ引いていないところに真意が隠されているからである。ここでは「なくてぞ」ではなく、「人は恋しかりける」が大事なのだ。これを理解するためには多くの古歌（特に『古今集』）を諳じていなければならない。もちろん引歌など知らなくても、本文は一通り問題なく読める。しかしそれでは本当に物語を読んだことにはならない。真の享受者としてはやはり失格であろう。『源氏物語』は読者自身を写し出す**鏡**であり、読む人の教養の違いによって千変万化するのである。『源氏物語』恐るべし、侮るなかれ。

19章　法　要

はかなく日比すぎて、後《のち》のわざなどにも」（7ウ）こまかにとふらはせ給ふ。ほどふるままに、（御門心）せんかたなうかなしうおぼさるるに、御かたがたのとのゐなどもたえてし給はず。ただなみだにひちてあかしくらさせ給へば、みたてまつる人さへ〳〵露《つゆ》けき秋《あき》なり。

【鑑賞19】「後のわざ」とは七日毎の法要―四十九日等―であり、早くも季節は秋になっていた。帝は更衣を失った悲しみのあまり、他の女性を遠ざけてしまった。それが更衣への何よりの供養でもある。あるいはここに『竹取物語』のかぐや姫が投影されているのかもしれない。というのもかぐや姫を連行できなかった帝は、その後「かぐや姫のみ御心にかかりて、ただ独り住みし給ふ。よしなくて御方々にも渡り給は」ぬありさまだったからである。しかしそのままでは〈天皇制〉の危機であり、後宮も解体してしまう。『栄花物語』巻一にも中宮安子崩御後の村上天皇の様子として、「内はやがて御精進にて、この程はすべて御戯れにも女御・御息所の御宿直絶えたり」と類似記事が見られる。もっとも村上天皇は、その後登子（師輔娘、安子妹）を尚侍として入内させて寵愛しているのであるが、それも桐壺から藤壺への代償行為と共通する。

桐壺帝の場合はそこまで緊迫しなかった。具体的に物語に即して言うと、帝には源氏（第二皇子）から冷泉帝（十の宮）までに、少なくとも七人の男御子の存在が確認できるからである（皇女は女一の宮・女三の宮以外は未詳だが、同数程度は考えられる。ただし葵巻で六条御息所の娘が斎宮に、女三の宮が斎院になっている点、皇女は非常に少なかったのかもしれない）。つまり極端に言えば、更衣死後藤壺入内までの間に、なんと十名近くの御子が誕生していることになる。これを後の付会と見るべきか、精神的には他の女性達を遠ざけても、天皇の職掌上止むを得ずと考えるべきか（もちろん桐壺更衣在世中でも、病気や生理のためにしばしば里下がりをしており、その間に他の女性が懐妊する可能性も否定できない）。あるいは桐壺更衣の代償を求めて、次々に新しい女性を参内させた結果なのであろうか（五一章参照）。いずれにしても更衣喪失の穴は大きく、形代で埋めることは不可能であった（同様に源氏にしろ八宮にしろ薫にしろ、皆安易に形代を求めて失敗している）。

「ひちて」とは濡れることだが、古くは清音だったらしい。ただし平安中期頃の清濁は未詳。「露けき秋なり」は内容的には恋の歌であるので、石川徹氏はむしろ「ひとり寝る床は草葉にあらねども秋来る宵は露けかりけり」（『後撰集』二八七番）の引歌であろうか。ただし「人はいさことぞともなきながめにぞわれは露けき秋も知らるる」（『古今集』一八八番）の方が独り寝の帝の傷心と一致すると見ておられる（『小学校恩師の訓えに導かれて』『源氏物語講座1』勉誠社）。死の夏が過ぎ、悲しみの秋が訪れた。露けきは涙の喩であると同時に秋の縁語でもあった。やはり和歌的修辞法を物語に導入しているのである。さらには秋という物悲しい季節（悲秋）を、作中人物の背景として積極的に利用している点にも留意しておきたい。つまり人間の感情をストレートに吐露しないで、植物とか気候とかに代弁させせているわけだが、そのさりげない転換の技法は文学の極致とも言える。これは自然と人事を一体化させた、あるいは自然を人事に奉仕させたもので、俗に〈**情景一致**〉の手法と呼ばれているものである。

なきあとまで人のむねあくまじかりける人の御おぼえかなとぞ、弘徽殿《こうきでん》などには、猶《なを》ゆるしなうの給ける。(御門心) 一の宮をみたてまつらせ給ふにも、わかみや (源氏) の御恋《こひ》しさのみおもほしいでつつ、したしき女房《ねうばう》、御めのとなどをつかはしつつ、ありさまをきこしめす。

20章　弘　徽　殿

【鑑賞20】　ここで弘徽殿というおなじみの呼称が初めて登場する。彼女は最初に「右大臣の女御」として登場し (六章)、続いて「一の皇子の女御」と称され (八章)、今改めて「弘徽殿」と呼ばれる (五三章ではさらに「春宮女御」と呼ばれている)。最初は父親の権力によって規定され、以後は息子の地位によって相対的に位置付けられており、もはや帝との直接的な結び付きは読み取れない。この弘徽殿にしても、むしろ桐壺との対比の中で使用されており、決して〈女〉として描かれることはない。

弘徽殿は後宮で最も権威ある場所だから、桐壺更衣を苛めた代表者として、必然的に憎まれ役を演じなければならないことになる (冷泉帝の後宮でも、頭中将の娘弘徽殿女御と源氏の養女梅壺女御との立后争いが生じている)。どうやら後宮には、右大臣の娘のライバルとなりうる皇族や左大臣の娘はいないらしい (皇族としては後に藤壺が初めて入内することになる)。左大臣の姉妹も登場せず、太政大臣や内大臣 (含前大臣) の存在も認められないとすると、女御たるべき存在はこの弘徽殿だけなのであろうか。もしそうなら「女御 (一人)、更衣あまた」であり、更衣の中から女御に昇格する見込みも十分考えられる。つまり皇子を生んだ桐壺更衣が女御になる可能性は非常に高かったわけで、だからこそ周囲の反対も強かったのであろう。

参考までに、桐壺帝の後宮の構成を調べてみたところ、①弘徽殿・②桐壺更衣・③藤壺以外に④承香殿女御（紅葉賀巻）・⑤麗景殿女御（花散里巻）・⑥螢兵部卿宮母女御（花宴巻）・⑦帥親王母女御（螢巻）・⑧八宮母女御（橋姫巻）・⑨蜻蛉式部卿宮母女御（東屋巻）・⑩後涼殿更衣（桐壺巻）・⑪前尚侍（賢木巻）・⑫同じ程の更衣・⑬下臈の更衣の存在が確認される（ただし女御達の家柄については不明）。中には登場している子供から類推しているのもあるので、重複（同腹の兄弟）もあるかもしれない。ともかくこれら十三名を桐壺巻に引き戻すと、麗景殿女御など弘徽殿と共に更衣を苛めたメンバーと言うことになるが、後の光源氏とのかかわりにはほとんど支障が生じていない。あるいは麗景殿女御の妹花散里等は、桐壺更衣に対する贖罪の意識があったのかもしれない。もちろん桐壺巻以降の付会であってもかまわないし、花散里巻に「女御の御けはひ、ねびにたれど、飽くまで用意あり、あてにらうたげなり。すぐれてはなやかなる御おぼへこそなかりしかど、睦ましうなつかしき方には思したりし」（205頁）とある点、まさに「らうたげ」な更衣の代償として入内したのかもしれない。

ところで左大臣の長女は後の葵の上であり、その年齢（源氏の四歳年上）から逆算すると当時左大臣は三十五歳位であろうか。これでは左大臣として、余りにも若すぎないだろうか（時平は三十前に任左大臣）。もちろんこの時点では、桐壺帝・左大臣・右大臣の年齢は一切提示されておらず、あくまで相対的な見方でしかない。しかし右大臣の長女（弘徽殿）が桐壺帝に入内しており、しかも弘徽殿の方が桐壺帝よりも年上のように見えるから、右大臣と桐壺帝は親子以上の年齢差があると考えられる。一方の左大臣は、その娘が弘徽殿腹の第一皇子への入内を望まれているのだから、やはり右大臣よりずっと若いはずである。また桐壺帝の同母姉妹（必ずしも妹とは限らない）と結婚している点、むしろ左大臣と桐壺帝は年齢的に近いのではないだろうか。もっとも頭中将と四の君が結婚し、源氏と六の君（朧月夜）が密通しているのだから、必ずしも年齢差が確定できるわけではない。

彼はどうやってその若さで親子程も歳の離れた右大臣（五十歳位？）を飛び越え、現在の地位を獲得したのであろうか。最初から家柄が違っていたのであろうか。描かれざる部分における政情の不安が、一層強く感じられてならない。左大臣が桐壺帝の同腹宮を正妻にしている事実によって、ひょっとしたら大化の改新における中大兄皇子と中臣鎌足のような関係が想定できるのかもしれない。

もっとも左大臣の年齢は、澪標巻にはっきり「御年も六十三にぞなりたまふ」と見えており、それを基準にして逆算すると、光源氏元服時には四十六歳になって、右大臣との開きがぐっと縮まってしまう。この両巻における矛盾とも言える十歳の開きをどう考えるべきであろうか。六十三歳での任太政大臣は、藤原良房の例を模倣しているとの説がある。『河海抄』には「忠仁公、貞観八年八月十九日始摂政ノ詔ヲ蒙ル（六十三）此ノ例歟」（澪標巻注）とあり、それにひかれての設定とも考えられる（六四章参照）。しかしこれは良房が摂政になった歳であって、決して太政大臣なのではない。そもそも良房が人臣初の太政大臣になったのは、それより十年前の天安元年（八五七年）二月のことなのである。むしろこの方が都合がいいのではないだろうか。

右大臣―弘徽殿
　　　　　＝―朱雀帝
　　　　桐壺帝
　　　　大宮
　　　　　＝―葵の上
　　　　左大臣

これに対して藤村潔氏は六十六歳で亡くなった太政大臣藤原頼忠をモデルとしてあげておられる（『古代物語研究

序説』笠間書院)。つまり太政大臣就任の六十三歳という年齢表記ではなく、その三年後に六十六歳でなくなったことに意味を認めておられるのである。しかし十年単位構想論を主張しておられる藤村氏も、桐壺巻の左大臣の年齢には矛盾を感じておられないらしく、それについては全く言及されていない。やはりこれは矛盾ではなく、桐壺巻の描写が左大臣を若く**幻想**させているだけなのであろうか。

なお花宴巻で左大臣は、自ら「ここらの齢にて、明王の御代、四代をなむ見はべりぬれど」(88頁)と述べている。これが誇張表現でなければ、「ここらの齢」といっても五十四歳の時点であり、なんと彼は四代の帝に仕えていたわけである。しかも光源氏誕生時点で、左大臣は三十四、五歳になるから、それ以前の二十年近く(そのうちの数年はやはり桐壺帝の御代)の間に三人の帝が交替したことになる。桐壺帝の御代が既に二十余年の長期に亙っているのに比して、やはり桐壺前史は混乱期だったことがうかがえる。

ついでながら「親しき女房」とある点、裏を返せば「親しからざる女房」の存在が想定される。例えば取り巻きの中に、弘徽殿女御のスパイ等が混じっているのかもしれない。また「御乳母」について、これは一体誰の乳母であろうか。後の文によれば、「典侍」が使者に選ばれており、この乳母が典侍と同一人物だとすると、桐壺帝の乳母ということになる。立派に成人した帝の側近に、典侍などを兼任する老いた乳母の存在があることを忘れてはなるまい。

21章　幻　影

野分《のわき》だちて、にはかにはたさむき夕暮《ゆふぐれ》のほど、(御門心)つねよりもおぼしいづること」(8オ)おほくて、ゆげ

ひの命婦《みやうぶ》といふをつかはす。

夕づく夜《よ》のおかしきほどにいだしたてさせ給ふてやがてながめおはします。かうやうのおりは、御あそびなどをせさせ給しに、心ことなる物のねをかきならし、きこえ出ることの葉《は》も、人よりはことなりしけはひかたちの、おもかげにつとそひておぼさるるにも、〽やみのうつつにはなををとりけり。

【鑑賞21】　前章（二〇章）にあったように、帝は親しき女房や乳母を頻繁に派遣していたらしい。ここはその一例として、勒負命婦というやや年配の女官を遣わしている。野分とあるから、台風見舞でもあろうか。命婦は五位以上の女官を意味するが、典侍に次いで乳母や乳母子の兼任が多い。また勒負に関して、父兄や夫の官職名と説明されることが多いが、果たしてそれが妥当かどうかは未詳である。なお勒負命婦に関しては、後藤祥子氏「源氏物語の女房像―勒負命婦の場合―」（むらさき13・昭和50年6月）に詳しい考察がある。

さて文頭の「野分」であるが、これを「野分立ちて」と澄んで読むか、「野分だちて」と濁って読むか、大きく二説に分かれている。これに関して北山谿太氏は、

野分だちてと濁って読んではいけないとして源氏物語評釈は、「野分は、秋の風をいふ。たちては、その吹き立つなり。「た」をにごりよみて、野分めきてとやうに説ける注はひがごとなり。さては「ふく風」などの詞なくては聞えぬことなり。野分は、あながちに木を折り家を倒すばかりの大風をのみいふにはあらず。ただ強くふく風のことなれば、ここのけしきに論なし」と解説しているが、誠にその通りで、「風野分だちて吹く夕ぐれに、昔のことおぼしいでて」（御法巻）とあるような場合にこそ、野分だちてと濁るべきで、桐壺の文の場合の如き野分だちてと読んでは、下の膚寒きにつづかないのである。なおその七行ばかり後に、「草も高くなり野分にい

と荒れたる心地して」とあって、ここの「野分立ちて」に応じているのであるから、なおさらのことである。校異源氏物語によれば、陽明家本には「野分して」とあり、国冬本には「野あきして」とあるのも、たちてと澄んで読むべき傍証となろう。然るに、現今の注釈書になお濁って読ませているのが多く見受けられるのは何故であろうか。

（『源氏物語のことばと語法』武蔵野書院82頁）

と論じておられる。本書の底本は明らかに濁って読ませており、そうすると「野分めいて」と解釈したのであろうか。もっとも辞書によっては、「野分だちて」でも「野分の風が吹いて」（角川古語辞典）と説明しているものもあるので、必ずしも清濁によって差異があるとは断言できないかもしれない。

しかしながら清濁の相違に注目すると、物語の季節が微妙に相違することになる。つまり「野分だちて」だと野分の季節になる前の大風であり、「野分立ちて」だとまさに野分の季節の激しい風となるのである。更衣の死が夏のいつ頃か不明であるが、後のわざ（四十九日）が済んだ頃に秋になっているとすれば（一九章）、ちょうどお盆（七月十五日）なのかもしれない。そうすると更衣の魂が帝のもとに帰っているとも考えられる。それが幻覚のごとく帝の前に現われたのであり、だからこそ命婦の訪問が促されたことにもなる。もっとも更衣の霊魂は未だにこの世に執着し、さまよっているいるのかもしれない。それなら「野分だちて」でもよかろう。

これを彼岸の頃と考えれば八月になり、ちょうど野分の時期とも重なるので、やはり「野分立ちて」が相応しくなる。その場合は一九章の「露けき秋」を二十四節気の白露と見たい。いずれにせよ人恋しい秋という季節、しかも夕暮れ・夕月夜の時刻は、亡き更衣を偲ばせる絶妙の設定であった。

もう一点注意すべきは、この命婦の物語が夕月夜に始まって、月の入り（三七章）で終わっていることである。これはまさしく〈**月の物語**〉なのだ。宮中と北の方の邸の二つを回り舞台としながら、その間を命婦が勅使として往復する。そしてその三者の上に、秋の夜の月がこうこうと悲しく照っているのである。頭上の月はまた夜の時間を文配し、読者に時の経過を告げていく。中島敦の『山月記』を思い浮かべるとわかりやすいかもしれない。須磨巻の一節とともに名文の聞え高い「野分たちて」以下の部分を、是非丹念に鑑賞して頂きたい（『平家物語』の小督もこの場面を下敷きにしていると思われる）。そして、できれば一緒に涙してほしい。享受者の流す涙が、時代を越えて更衣への鎮魂となるであろうから。

ついでながら桐壺巻は、ちょうどこの月の物語を中間部として、分量的に三分割できる。それは、

第一段〔一章～二〇章〕　桐壺更衣物語（壺前栽）

第二段〔二一章～三九章〕　月物語（桐壺更衣鎮魂）

第三段〔四〇章～七〇章〕　源氏物語（かがやく日の宮）

である。しかし時間的に考えると、第二段はたった一夜のできごとに巻の三分の一を費やしているわけである。その分量の多さだけでなく、前後の部分に比べていかに時間が停滞しているかを読み取らなければならない。これだけの分量、これだけのゆったりした時間をかけて、ようやく亡き更衣の後日譚（鎮魂譜）が完了するのだ。だから後の部分は、必然的に堰を切ったように早いテンポで進行することになる。

命婦を送り出した帝は、そのまま前栽の方を見るとはなしに眺めながら、故更衣との思い出を一つ一つ噛み締めていた（この間に命婦は北の方の邸に到着する）。なお底本は単に「きこえ出る」となっているが、諸本全て「はかなくきこえ出る」とあるので、入木の際「はかなく」を彫り忘れたのではなかろうか。

もしこの場に更衣がいてくれたら、そう思っているうちに、なんとなく更衣が傍にいるような気がしてきた。しかしふと我にかえると、それは幻覚でしかない。ここですかさず語り手は「闇の現にはなほ劣りけり」とつぶやく。

これは『古今集』の「うばたまの闇の現はさだかなる夢にいくらもまさらざりけり」（六四七番）を引歌としたもの。ただし『古今集』では不明瞭な現実は、明瞭な夢にいくらも勝らないとするのに対して、ここではそれでも現実の方が幻影よりましだと切りかえしている。引歌にそのまま寄りかからず、一ひねりして用いているのである。

22章　葎の宿

命婦《みやうぶ》かしこにまかでつきて、かどひきいるる（車也）よりけはひあはれなり。（命婦心）やもめずみなれど、人ひとり（更衣事）の御かしづきにとかくつくろひたてて、めやすきほどにてすぐし給つるを、〽やみにくれてふし給へる」（8ウ）ほどに、くさもたかくなり、野分《のわき》にいとどあれたるここちして、月かげばかりぞ、〽やへむぐらにもさはらずさし入たる。

みなみおもてにおろして、ははぎみとみにえものもの給はず。（母君詞）いままでとまり侍るがいとうきを、かかる御つかひの、〽よもぎふのつゆわけ入給につけても、はづかしうなんとて、げにえたふまじくない給ふ。」（9オ）

〈絵2〉

【鑑賞22】　そうこうするうちに命婦は北の方の邸に到着した。命婦は帝の勅使であるから、堂々と邸の正門を通り、牛車で中まで乗り付ける。そして寝殿の南面で正客として北の方に対面する。「けはひ」とは、「けしき」が視覚によるものであるのに対し、感覚で感じるもの。あるいは「けしき」が静的固定的であるのに対して、動的雰囲気的な感覚である。一歩北の方の邸（異空間）に踏み込んだ途端、荒廃した前栽の様子に、娘を失って悲嘆にくれる母の気持が察せられたのであろう。ここにおける自然は、まさに母君の〈**心象風景**〉であった。こういった〈遠近法〉的な奥行の深い文体が、すなわち『源氏物語』のすぐれた特質の一つなのである（清水好子氏「文体―その遠近法―」『源氏物語必携』学燈社・昭和42年4月参照）。

「やもめ」（「やまめ」とも）は本来「やもを」の対であり、夫のいない女性を意味した。「かぐや姫のやもめなるを歎かしければ」（『竹取物語』）などがその好例である。ところが「やもを」がほとんど使用されず、そのため妻のいない男性までも「やもめ」と言うようになった。『宇津保物語』藤原の君巻には、「やもめにて、えあるまじ。我ものくはざらん女えん」と出ている。また「やもめ住み」の例としては、柏木の「高き心ざし深くて、やもめ住みにて過ぐしつつ」（若菜上巻26頁）等がある。なお底本は「ふし給へる」とあるが、多くの諸本は「ふししづみ給へる」としている。

ここでまた引歌が多用される。「闇にくれて」は、すぐ前の「闇の現」とも響き合っているようだが、『後撰集』の「人の親の心は闇にあらねども子を思ふ道にまどひぬるかな」（一一〇二番）を踏まえている。もっとも〈闇〉とは娘を失った母の心の乱れを喩的に表現したものであり、必ずしも本歌通りではない。この歌の作者藤原兼輔は紫式部の曾祖父であり、そのためか『源氏物語』中に最も多く用いられている引歌であった（『源氏物語引歌索引』によれば二十六回）。この近辺だけでもしばしば登場しており、一種の基調表現とも考えられる。

続く「八重葎にもさはらず」も、『古今六帖』の「とふ人もなき宿なれど来る春は八重葎にもさはらざりけり」の引歌である（新編国歌大観の『古今六帖』のみ「来る秋は」とするがいかがであろうか）。ただし季節を春から秋に変更し、季節の推移を月の光に替え、さらにその中に命婦の来訪をも込めており、巧みな表現と言えよう。あるいは『百人一首』にもとられている恵慶法師の「やへ葎しげれる宿の寂しきに人こそ見えね秋は来にけり」（『拾遺集』

〈絵２　野分の訪問〉

一四〇番）の具現とも考えられる（葎の門には服喪のイメージも感じられる）。また続く「蓬生の露」は、「いかでかは尋ね来つらむ蓬生の人も通はぬ我が宿の道」（『拾遺集』一二〇三番）を引いているのであろう。
　果たして月ならぬ命婦は、一筋の光となって北の方の悲痛を慰めうるのであろうか。

23章　勅書

（命婦詞）まいりてはいとど心ぐるしう、心きももつくるやうになんと、内侍《ないし》のすけのそうしたまひしを、もの思ひ給へしらぬここちにも、げにこそいとしのびがたう侍けれとて、ややためらひておほせごとつたえ聞ゆ。しばしはゆめかとのみたどられしを、やうやうおもひしづまるにしも、さむべきかたなくたへがたきは、いかにすべきわざにかとも、とひあはすべき人だになきを、しのびてはまいり給なんや。わかみやのいとおぼつかなく露《つゆ》けきなかにすぐし給も、心ぐるしうおぼさるるを、とくまいり給へなど、はかばかしうものたま」（10オ）はせやらず、むせかへらせ給つつ、かつは人も心よはくみたてまつるらんと、おぼしつつまぬにしもあらぬ御《み》けしきの心ぐるしさに、うけたまはりもはてぬやうにてなんまかで侍りぬるとて、御文たてまつる。

【鑑賞23】対面してそのまま泣き崩れる北の方に対し、さすがに命婦はしっかりしている。一見、北の方に同情している風を装いながら、きちんと弔問の挨拶を述べ、続いて帝の仰せ言を伝え、さらに託された手紙を渡す手際は見事なものである。老獪な宮廷女房の面目躍如といったところであろう。「心肝も尽くる」とはなんとも大げさな表現である。ちなみに浮舟巻では「いとど心肝もつぶれぬ」（60頁）と出ている。ところでこの「内侍のすけ」とは典侍のことで、おそらく帝の乳母と思われる。この一文によって、物語に描かれざる部分において、以前に典侍の見舞いがあったことがわかる。

帝は言葉巧みに北の方の参内を勧める。もちろん北の方だけでなく、源氏を連れてのことであるが、真の意図は決して祖母君ではない。帝の本当の狙いは源氏の参内なのである。しかしあまりストレートに切り出しては、北の方の機嫌を損ねることになりかねない。娘を亡くした北の方にとっても、源氏はかけがえのない孫なのだから。そこを巧みに朧化しつつ述べているのだが、祖母君が参内しないことは百も承知の上であった。最終的にはせめて源氏だけでもという論法なのである。その意図が「忍びて」という言葉に如実に表われているのではないだろうか。もちろん現在は喪中であるから、宮中に参内などできるはずもない。それが済んでからの話ではあろうが、それでも公然と参内せよと言っているわけではないのだ。

24章　小萩がもと

（更衣母詞）めもみえ侍らぬに、かくかしこきおほせごとを、ひかりにてなんとてみ給。

（勅書）ほどへばすこしうちまぎるることもやと、まちすぐす月日にそへて、いとしのびがたきはわりなきわざになん。いはけなき人もいかにと思ひやりつつ、もろともにはぐくまぬおぼつかなさを、いまはなをむかしのかたみになずらへてものし給へ

など、こまやかにかかせ給へり。」（10ウ）

（御門）みやぎののつゆふきむすぶ風のをとに小萩《こはぎ》がもとを思ひこそやれ

とあれどえ見給《たまひ》はてず。

【鑑賞24】　帝の手紙を受け取った北の方は、子故の闇で目も見えません（引歌の延長）が、帝の仰せ事を光として拝見しますと洒落たことを言う。一体貴族と言うものは、こういった悲しい場面にも、いや悲しい場面であればある程、教養の高さを誇示しなければならないらしい。悲しみの深さが、言葉の一つ一つを文学的表現に昇華させているのであろうか。同様の例は、「目も見えたまはねど、御返り聞こえたまふ」（七夕霧巻132頁）や、「涙にくれて目も見えたまはぬを」（御法巻188頁）等がある。残念ながらここでは、帝の仰せも命婦の来訪も、北の方の悲しみに追い撃ちをかける結果となる。

帝の手紙は、表現は柔らかいけれども勅命であった。もはや北の方に拒否することなどできはしない。だからこそ祖母は、その下心丸見えの手紙を最後まで見ることもできず、ただただ涙にむせぶばかりであった。実はこの手は、後に源氏も使っている。明石の君に対して、姫君ともども引き取りの催促をするのだが、明石の君が拒否した途端、それじゃあと姫君だけを連れ去ってしまう（薄雲巻40頁）。やはり親子のやることは似ていると言うべきか。

また帝の歌は野分（台風）の風に触発されたものであろうが、『古今集』の「宮城野のもとあらの小萩露を重み風を待つごと君をこそ待て」（六九四番）を下敷きにもしている（野分巻にも「もとあらの小萩はしたなく待ちえたる風のけしきなり」256頁とある）。「宮城野」と「小萩」と「露」と「風」を組み合わせた歌としては、「露払う風もあると宮城野に生ふる小萩の下葉ともがな」（『和泉式部続集』）や、「荒く吹く風はいかにと宮城野の小萩が上を露も問へかし」（『赤染衛門集』）がある。また「恋しくも思ほゆるかな宮城野の小萩がもとのたよりと思へば」（『中務集』）には「小萩がもと」という表現が用いられている（東屋巻186頁にも用例あり）。紫式部はこれらに触発されているのであろうか。

なおこの「小萩」を、『住吉物語』における姫君の形容である「二葉の小萩」からの引用と考えると、そこに母を亡くして悲嘆にくれる源氏の姿が見えてくることになるが、いかがであろうか。

25章　逆　縁

（更衣母詞）いのちながさのいとつらうおもふ給へしらるるに、〽松のおもはんことだにはづかしう思給へ侍れば、ももしぎにゆきかひ侍らんことは、ましていとはばかりおほくなん。かしこきおほせごとをたびたびうけたまはりながら、みづからはえなん思ひ給へたつまじき。わか宮《みや》（源氏）はいかにおもほししるにか、まいり給はんことをのみなんおぼしいそぐめれば、ことはりにかなしうみたてまつり侍るなど、うちうちに思給へるさまをそうし給へ。ゆゆしき身にはべれば、かく」（11オ）ておはしますもいまいましうかたじけなくなどの給。

【鑑賞25】　やっとのことで北の方は、命婦に返事をする。ここで言う「いのちながさのいとつらう」とは、『荘子』外篇の「寿《いのちなが》ければ則ち辱多し」という一節を踏まえた表現であろう。北の方の教養の高さと、その背後に控える作者の学力に最敬礼したい。余談ながら、この表現は作者の好みだったらしく、

・命長ければかかる世にも逢ふものなりけり。（二末摘花巻31頁）
・命長きは心憂く思ひ給へらるる世の末にも侍るかな。（三須磨巻14頁）
・命長さのうらめしき事多く侍れど。（四朝顔巻70頁）

・命長さもうらめしきに。（少女巻136頁）
・命長くてかかる世の末を見ること。（少女巻140頁）
・世に心憂く侍りける身の命の長さにて。（八総角巻249頁）
・長き命いとつらく覚え侍る。（九早蕨巻21頁）
・延び侍る命のつらく（早蕨巻21頁）

等と繰り返し用いている。

また「松のおもはんことだにはづかしう」も、『古今六帖』の「いかでなほありと知らせじ高砂の松の思はむこともはづかし」を引歌としている。しかし北の方はそれ程の老齢ではありえない。紫の上の祖母を例にすると、

祖母（四十歳頃）―故母（二十五歳頃？）―紫の上（十歳頃）

となる。これに準ずれば、

祖母（三十代前半？）―故更衣（十代後半？）―源氏（三歳）

と考えられるのではないだろうか。祖母というにはあまりにも若い年齢であった。もちろんもっと高齢でもいいのだが、少なくとも四十をはなはだしく過ぎていることはあるまい。ここはまさに**レトリック**であり、娘を先立たせた逆縁の親として、生き残っているわが身を恥じているのであろう。また恥しく思う相手が、松ならぬ宮中であるとすると、北の方はこの歌によっても参内を拒否していることになる。

一方、幼い源氏は、北の方のこのような悲しみを全く理解できず（今もすやすや寝ている）、ひたすら参内を急いでいるようである。ここに「めり」という推量の助動詞が用いられていることに注意したい。これは北の方の見方が主観的であることを示している（客観的には認めたくない）のだが、源氏はまだ幼いので、自らの意思で参内を

希望するはずはない。「いかにおもほししるにか」とは源氏のことなのではなく、その背後にあって参内を促す女房達に対して、それを北の方がやや批判的にとらえているのである。源氏付きの若い女房達は、華やかな宮仕えをこそ希望しており、今は更衣の服喪中だから仕方がないけれども、それさえ明ければ、こんな陰気臭い湿っぽい所には一時たりともいたくないであろう。彼女達は源氏に向かって、宮廷生活の楽しさ面白さを説いているのだ。一つ屋根の下に生活してはいるものの、北の方付きの女房、更衣付きの女房、源氏付きの女房とでは、当然思惑も三者三様なのである。その微妙なズレの中での北の方の悲しみを読み取ってほしい。

ただし北の方もただのか弱い女ではないはずである。源氏や一族の将来を考慮すれば、最善の道は自ずから定まっていた。本来ならばむしろ積極的に源氏の参内を推進すべきなのだが、ここではしぶしぶに承知するという体裁を装い、少しでも源氏に有利に働くように演技しているのかもしれない。

26章　眠れる皇子

宮（源氏）はおほとのごもりにけり。（命婦詞）みたてまつりてくはしく御《み》有さまもそうし侍らまほしきを、まちおはしますらんを、夜《よ》ふけ侍りぬべしとていそぐ。

【鑑賞26】　こうして北の方が源氏の参内をしぶしぶ承知した途端、命婦の態度が一変した。「宮はおほとのごもりにけり」とあり、今までの叙述の時間とは異質な話題として唐突に源氏の様子が語られるのだが、寝ているという理由付けだけで面会を省略し、宮中で帝が待っていらっしゃるからと、帰りを急ぎはじめたのである。

もちろん源氏が寝ているのであれば、それを無理に起こしたり、寝顔を覗いたりすることは身分的にかなうまい。しかしそうではなく、これで命婦の公的な使者としての真の役目が完了したのだ。つまり命婦は祖母君を弔問に来たのでも、幼い源氏の様子をうかがいに来たのでもなく、源氏引き取りの了解を取り付ける特命を帯びて来たのである。

本文に「たびたび」（二五章）とあったことから、今までにも典侍をはじめとして何人かの使者が派遣されたらしいが、祖母の悲しみにほだされてか、源氏引き取りの確約を取り付けないままむなしく帰っていたのであろう。それで帝は遂にしびれを切らし、年配で経験豊富な命婦（悪く言えば海千山千のしたたかな女性）を送りだし、駄目押しに帝自らの手紙を付けてやった。そうして今夜、命婦は涙ながらにも北の方の首をたてに振らせたのである。確約さえ取り付ければもはや長居は無用。しかしながら「急ぐ」という、貴族にあるまじき命婦の態度を見て、さすがに北の方も尋常ではいられない。

27章　心の闇

（更衣母詞）くれまどふ〳〵心のやみもたへがたきかたはしをだに、はるく（るイ）ばかりに聞えまほしう侍を、わたくしにも心のどかにまかでたまへ。としごろうれしくおもだたしきつゐでにてたちより給し物を、かかる御せうそこにてみたてまつる、返々つれなき命にも侍かな。

【鑑賞27】　源氏を手放すことになった北の方は、胸の内につかえているものを聞いてほしいらしく、簡単には命婦を帰そうとしない。ここにまた「心の闇」が繰り返され、すぐ後の「晴るく」(「晴るる」本文は、横山本・高松宮本等少数)と呼応している。

さらに公と私の対比の中で、命婦の来訪が初めてではなかったことが知らされる。やはり命婦は人選された使者だったのだ。今までは晴れがましい勅使としてばかり来訪していたので、いつも喜んで命婦を迎えていた。それなのに今夜の命婦は、何と悲しい何と薄情な使者なのかと、いかにも皮肉めいた物言い。それが引き金となって、祖母君は言わなくてもいい愚痴(＝本音)をついついこぼしてしまう。

なお「心の闇」は、既に二二章で説明済み。「つれなき命」は、先に「松の思はんことも恥づかし」(二五章)とあった引歌の延長であり、だからこそ「返す返す」と言っているのである。長寿は人間の願望であり、幸福の象徴であった。しかし夫に先立たれ、娘に先立たれ、今こうして孫をも手放さざるをえない孤独な老愁を思えば、一変して長寿は比類なき不幸の象徴でもあるのだ。

28章　更衣の宿世

むまれし時よりおもふ心ありし人にて、故大納言《こだいなごん》いまはとなるまで、ただ此人の宮《みや》づかへ」(11ウ)のほいかならずとげさせたてまつれ。我《われ》なくなりぬとてくちおしう思ひくづおるなと、返々《かへすがへす》いさめをかれ侍しかば、はかばかしううしろみ思ふ人なきまじらひは、中々なるべきこととおもふたまへながら、ただかのゆいごむをたがへじとばかりに、いだしたて侍しを、身にあまるまでの御心《み》ざしのよろづにかたじけなきに、人げなきはぢをかくしつつまじらひ給ふめりつるを、人のそねみふかくつもり、やすからぬことおほくなりそひ侍に、よこさまなるやうにてつ

ゐにかくなり侍ぬれば、かへりてはつらくなん、かしこき御《み》心ざしを思ふ給へられ侍る。これもわりなき」（12オ）心のやみになどいひもやらず、むせかへり給ほどに夜もふけぬ。

【鑑賞28】　桐壺更衣の入内は、故大納言の遺言（執念）を守ってのことであった。更衣の意思は不明であるが、「思ふ心ありし」とある以上、更衣もそのようなつもりで養育されてきたであろうから、多少の自負もあったに違いない（明石の君も「いときなうはべりしより思ふ心はべり」（明石巻76頁）て育てられている）。もちろんしっかりした後見がなくては、後宮での共同生活に支障が生じかねない。だから最初から不安に満ちた入内であったが、決して絶望的な後ろ向きの入内ではなかったろう。入内させるからには何か勝算らしきものがあったはずである。大納言の兄大臣（明石入道の父）が存命であれば、後見することになっていたのかもしれない。もともと更衣は美人の評判高く、そのため帝が積極的に入内を要請していたのではないだろうか。あるいは帝と大納言の間に何か密約が交されていたのかもしれない。

　幸い更衣は身に余るような帝の寵愛を得た。しかし予想通り後宮の女性達の恨みを一身に受けて、結局更衣は横死してしまう。「横様なるやうにて」とは尋常な死に方ではなく、精神的なストレスによる急死とか、あるいは服毒死・呪詛（他殺）とかを意味する。北の方は娘の死に疑問を抱いているようである。つまり更衣の横死は帝の溺愛故であり、今思えばかえってそれが辛く恨めしいと帝を非難しているのだが、それも子を思う「心の闇」故であった。「むせかへり」とはむせび泣くことで、若紫巻にも「むせかへり給」（190頁）と出ている。一見雅に反する行為のようでありながら、そこに深い悲しみの情が吐露されており、読者に強いインパクトを与える。もちろん母は娘の死を悲しんでいるだけでなく、入内の目的（家の遺志）が挫折したことも悔やんでいるに違いない。しかしもっと深読みすれば、更衣の死の責任を帝に自覚させることにより、源氏立太子の布石にしているのかもしれない。北の方と命婦は一見情愛の籠った会話をしているようでありながら、実は〈きつね〉と〈たぬき〉の化かしあいなのである。純情な現代の享受者は、簡単にそのテクニックにひっかかってもらい泣きしてしまうようだが。
そうこうしているうちに、秋の夜もとっぷりと更けていく。

29章　帝の宿世

（命婦詞）うへもしかなん。わが御心《み》ながら、あながちに人めおどろくばかりおぼされしも、ながかるまじき成けりと、いまはつらかりける人のちぎりになん。世にいささかも人の心をまげたることはあらじとおもふを、ただこの人ゆへにて、あまたさるまじき人のうらみをおひし、はてはてはかううちすてられて、心おさめむかたなきに、いとど人わろうかたくなになりはべるも、〳〵さきの世ゆかしうなんと、うち返しつつ御しほたれがちにのみおはしますとかたりて、つきせずなくなく夜いたうふけぬ」（12オ）れば、こよひすぐさず御かへりそうせんといそぎまいる。

【鑑賞29】　これを聞いて命婦は黙ってそのまま帰れなくなってしまった。ここではっきり帝の弁明を述べ、祖母の誤解を解かなくては（丸め込まなくては）、後にどんな悪い噂が広まるかもしれない。さすがに命婦は、帝の信任篤い女官であった（とはいえ、待たされている家来達は大変である）。
帝は決して加害者ではありません。帝も更衣と同じく被害者なのですよと、命婦は涙ながらに帝の弁護をする。北の方が更衣の代弁者であるのと同様に、命婦は帝の代弁者なのである。実際に対面しているのは北の方と命婦であるが、それを更衣と帝との対話として幻想的に読むことも可能であろう。この辺りも「長恨歌」を下敷きにしており、命婦は道士の立場で蓬生の宿（蓬莱宮）を訪れ、楊貴妃ならぬ北の方と対面しているのである。だから命婦は帝になりかわって語る。「わが御心」とは自己尊敬になってしまうが、帝の言葉だから許容されるわけである。あるいは命婦の帝に対する敬意が内包されているのかもしれない。

自分のことながら、何故あれほどまでに更衣に夢中になったのか。それも今思えば、更衣の短命が前提だったのだ（夕顔の死後、源氏も同様に「あやしく世の人に似ず、あえかに見えたまひしも、かく長かるまじくてなりけり」（夕顔巻153頁）と述懐している）。二人は与えられた短い時間を精一杯燃えたのだ。前世の因縁とはいえ、むしろ深い愛情を持ったことが、今となってはかえって辛い。私は帝として正しい道を行ってきたのに、更衣への愛欲故に人の恨みを買ってしまった。挙句の果てに、その更衣さえ私を捨てて死んでしまったのだから、後に残された私はどうしようもない。命婦は時間をかけて熱っぽく祖母君を説得し続ける。そしてどうやらうまく説得した時には、もう真夜中を過ぎ月も入り方になっていた。しかし「急ぎ参る」とあっても、命婦はまだその場を立ち去っていない。北の方からの返事を貰わないことには、のこのこ帰れないからである（これも「長恨歌」の引用か）。

なお「前の世ゆかしうなん」について、石川徹氏は「君と我いかなる事を契りけむ昔の世こそ知らまほしけれ」（『和漢朗詠集』）を引歌として考えておられる（「小学校恩師の訓えに導かれて」『源氏物語講座1』勉誠社）。語句は微妙に相違しているが、なるほど内容的にはピッタリしている。

30章 形見

（草子ノ地也）月は入がたの空《そら》きようすみわたれるに、かぜいと涼《すず》しく吹《ふき》て、草村《くさむら》の虫《むし》のこゑごゑもよほしがほなるも、いとたちはなれにくき草のもとなり。

（命婦）すず虫のこゑのかぎりをつくしてもながき夜あかずふるなみだかな

えものり（車也）やらず。

（更衣母）いとどしく虫のねしげきあさぢふに露をきそふる雲《くも》のうへ人

かごとも聞えつべくなんといはせ給ふ。

おかしき御をくりものなどあるべきおりにもあらねば、ただかの御形見《かたみ》にとて、かかるようもやとのこし給へりける御さうぞくひとくだり、御《み》くし」（13オ）あげのでうどめく物そへ給ふ。

【鑑賞30】長い長い会話が終わり、返事をもらっていざ牛車に乗ろうとした時、今まで気が付かなかった虫の声がふと耳に聞えてくる。その虫の声までがしんみりとして涙を誘う（花散里巻には「催しきこえ顔」（204頁）という用例がある）。いや虫の声は、北の方の悲しみの〈喩〉なのだ。情景一致の手法は、視覚的な自然描写だけでなく、聴覚的なものまでも取り込んでいるらしい。音とか声に対して作者は特に敏感なようである（三六章参照）。これを耳にして知らん顔して帰るようだったら、命婦の教養もたいしたことはない。しかしさすがに命婦は凡人ではなく、すかさず歌を贈った。そして後ろ髪引かれる思いで、なかなか車に乗ることもできない。実はこの〈たゆたい〉こそが『源氏物語』の美学なのである。

それに対して北の方も女房を介して歌を返す。あなたがいらっしゃったお陰で、ますます悲しみが深くなりましたと。これは「五月雨にぬれにし袖にいとどしく露おきそふる秋のわびしさ」（『後撰集』二七七番）を踏まえており、このような場においてこそ教養を発揮せねばならないのである。また「浅茅」は楊貴妃終焉の地としてイメージされており、「思ひかね別れし野辺をきてみれば浅茅が原に秋風ぞ吹く」（『道済集』）・「はかなくて嵐の風に散る花を浅茅が原の露やをくらん」（『高遠集』）・「ふるさとは浅茅が原と荒れはててよすがら虫のねをのみぞなく」（『道命阿闍梨集』）の如く詠じられている。つまりこの場面の「浅茅」は、単に荒涼たる風景というのみならず、楊貴妃ならぬ桐壺更衣終焉の地として深読みすべきであろう（上野英二氏「長恨歌から源氏物語へ」国語国文50―9・昭和56年9月参照）。また作者自身「露しげき蓬が中の虫の音をおぼろけにてや人の尋ねむ」（紫式部集）と詠じており、これとの関連も見逃せない。

胸の内を吐露したことで北の方は気落ちしてしまったのか、もはや見送る気力もないらしい。しかし教養高い北の方であるから、命婦を手ぶらで帰すことなどはしない。更衣の形見にと、装束一揃いに御ぐしあげの調度を添えて贈る。この御ぐしあげの調度に注目して頂きたい。実はこの中に更衣のかんざしが含まれており、まさしく「長恨歌」の「鈿《でん》合金釵《さい》寄せて将《も》って去らしむ」の引用になっている。だからこそこれを一目見て、帝もその一節をすぐに思い浮かべるわけである。

ところで鈴虫について一言。鈴虫・松虫は、不思議なことに『万葉集』等には一例も見えず（鳴く虫は全て「こおろぎ」であった）、延喜年間以降にようやく用例が見られる。外来種なのか、新しく美的に鑑賞されるようになって命名されたのか、詳細は一切不明である。その初出は『夫木和歌集』巻十四の「忠峯新和歌序」所収の「あるときには、山のはに月まつむしうかがひて、きむのこゑにあやまたせ、ある時には野べのすずむしをききて谷の水音にあらがはれ」であろう。琴の声を松虫に、水の音を鈴虫に喩えているので、現在の松虫・鈴虫と同じようである（逆に見る説もある）。それがどこでどうなったのか未詳であるが、平安中期以降の用例は現在の虫名と逆転しているらしい（屋代弘賢『古今要覧稿』参照）。例えば鈴虫巻を見ると、松虫は「声惜しまぬ」（86頁）とあり、鈴虫は「ふり出でたる」（同85頁）・「いまめいたる」（同86頁）と書かれている。なるほどそれは今と逆で、声を惜しまず鳴くのが鈴虫、はなやかに振り出すように鳴くのが松虫と見た方が納得できる。幸いなことに謡曲を見ると、「松虫の声は、りんりんとして」（謡曲「野宮」）とか「松虫の声、りんりんりんりん、りんとして」（謡曲「松虫」）とあり、その相違・逆転がはっきり確認できる。もともと高貴な貴族が、虫の実物を詳しく観察していたとも思えないので、あるいは最初は明確に両者が区別されていなかったのかもしれない。さらにその混同が近世に至って指摘され、再度逆転するのも面白い現象であるが、どうも近世においては、江戸と上方でも用法が異なっていたらしい。あるいは方言による差違であろうか。

ただしこの場面の用例に関しては、「声の限りを尽くす」とあるので、そのまま鈴虫でもよさそうである。ひょっとすると、両者の混同は『源氏物語』から生じたのかもしれない。もともと歌語としては、「待つ」という掛詞を有する松虫が優勢で、『古今集』など松虫が四首（仮名序にも一例）読まれているのに対して、鈴虫は全く用例が見当たらない。『後撰集』『拾遺集』も同様の傾向にあり、松虫（後—八首、拾—三首）に対し、鈴虫（後—一首、拾—一首）であった。ところが『後拾遺集』に至ると、松虫が一首に減少し、反対に鈴虫が四首（詞書にも一例）に増加する。『枕草子』「虫は」章段では、「虫は、鈴虫・ひぐらし・蝶・松虫・きりぎりす」と鈴虫が真っ先にあげられている。どうも『拾遺集』から『後拾遺集』の間、つまり『枕草子』や『源氏物語』の中で虫に関する美意識に大きな変化があったようである。なお意見の相違はあるものの、松尾聰氏「中古語としての「松虫」「鈴虫」」（国語展望84・平成2年2月）は大変参考になる。

31章　参内希望

（更衣母詞）わかき人々《びと》かなしきことはさらにもいはず、内わたりを朝夕《あさゆふ》にならひて、いとさうざうしく、うへ（御門）の御ありさまなどおもひいで聞ゆれば、とくまいり給はんことをそのかし聞ゆれど、かくいまいましき身のそひたてまつらんもいと人きうかるべし。またみたてまつらでしばしもあらんはいとうしろめたう思ひ聞え給て、すかすかともえまいらせたてまつりたまはぬなりけり。

【鑑賞31】　命婦が去った後、宮中に到着するまでの時間を持たせるため、ここに勅使来訪の理由が「なりけり」（草子地）を伴って挟み込まれ、謎解きによって締めくくられる（底本はこれを祖母の述懐と見ている）。

帝の側だけが源氏の参内を望んでいたのではない。源氏付きの若人達にしても、更衣を失った悲しみもさることながら、華やかな宮廷生活に馴染んでいたので、一刻も早く宮中に参内したいと祖母君に懇願していたらしい（二五章参照）。しかし北の方は、こんな逆縁の身で源氏と一緒に参内するのも珍妙だし、かといってかわいい孫（源氏）を手放すのも気懸りなので、なかなか首を縦に振らなかったのである。ここにも同じ屋根の下でありながら、北の方（主人側）と女房達の心のズレが生じていることを確認しておきたい。もちろん源氏参内の延引は、北の方にとってはある種のかけひきでもあったろう。少なくとも女房達は、その北の方の深層までは理解していないようである。

本来ならば、こんな時こそ源氏の乳母（皇子には二人支給）が活躍しなければならないのであるが、母更衣の場合と同様にその存在すら描かれない（夕顔巻に大弐乳母が、末摘花巻に左衛門乳母が登場）。その乳母の不在が、桐壺更衣の悲劇を暗黙のうちに表現しているわけである（吉海「『源氏物語』夕顔巻の物語設定―乳母のいる風景―」國學院雑誌86―9・昭和60年9月参照）。

32章　長恨歌絵

命婦《ぶ》は（御門）まだおほとのごもらせたまはざりけるをあはれにみたてまつる。おまへのつぼせんざいのいとおもしろきさかりなるを御らんずるやうにて、忍びやかに心にくき」（13ウ）かぎりの女房《ねうばう》四五人さふらはせ給て、御物語《ものがたり》せさせ給成《なり》けり。

此比《ごろ》あけくれ御《ご》らんずる長恨歌《ちやうごんか》の御ゑ、亭子院《ていじのゐん》のかかせ給て、いせつらゆきによませ給へるやまと言《こと》のはをも、もろこしのうたをも、ただそのすぢをぞまくらことにせさせ給。

【鑑賞32】　命婦が宮中へ戻ってみると、帝はまだお休みになっていなかった。壺前栽を御覧になりながら、気心の知れた女房を話し相手として、ひたすら命婦の帰りを待っていたようである。それに対する命婦の驚きが、例の「なりけり」（草子地）によって効果的に表現されている。なおこの壺前栽は、他に「御前の壺前栽の宴もとまりぬらむかし」（五野分巻82頁）、「こなたの廊の中の壺前栽のいとをかしう色々に咲き乱れたるに」（東屋巻170頁）とあるが、桐壺巻の別称ともなっているように、ここの用例が一番有名であった。

帝は自分達の悲恋に通じる「長恨歌」の絵を見ながら、そればかり話題にしていた。この「長恨歌」については、『伊勢集』（冒頭・引歌等を含め『伊勢集』とのかかわりは非常に深い）の詞書に「長恨歌の御屏風亭子院に貼らせ給ひて、其のところどころを詠ませ給ひける」とある。また他の私家集にも、

・ある人の長恨歌・楽府のなかに、あはれなることを選びいだして（『大弐高遠集』）
・同じく長恨歌にあはれなることありしを書き出でて（『大弐高遠集』）
・長恨歌の、帝のもとの所に帰りたまひて、虫どものなき草蔭に、あれたるを御覧じてなきたまふ所に（『道命阿闍梨集』）
・長恨歌の古歌たてまつるところに（『輔尹集』）
・長恨歌、当時の好士和歌詠みしに（『源道済集』）

等と見えており、当時かなり流行し、和歌や屏風絵の素材になっていたことがわかる。また『更級日記』にも「世の中に長恨歌という文を、物語に書きてある所あんなりと聞くに」と書かれているように、和文化された長恨歌物語の存在も確認しうる。

ここでは帝自身が、更衣との愛を「長恨歌」と重ね合わせて考えており、それによって帝の悲しみの深さを知ることができる（ただし玄宗と楊貴妃の間に源氏のような子は生まれていない）。いずれにせよ桐壺巻における「長恨歌」の重要性というか、執拗なまでに引用されている点は理解できるであろう。なおここに出てくる絵は、「長恨歌」を題材とした唐絵である。また「大和言の葉」は和歌であり、「唐土の歌」とは漢詩を意味する。それを色紙に書いて屏風絵に貼るわけだが、紀貫之は屏風歌の名手として『源氏物語』に四回（桐壺巻・賢木巻・絵合巻・総角

巻）も実名で登場してくる（伊勢は桐壺巻・総角巻の二回）。また亭子院については後（四六章）にも「宇多の帝」と実名で出ており、物語の「いづれの御時にか」が醍醐天皇の御世を準拠としていることの解答になる。

なお「枕言」という語については、実はあまり明白ではない。そもそも「枕言」の用例自体、『源氏物語』中にこの一例しか見られないし、他の作品にもほとんど用いられていないのである。その注釈としては、藤原定家の『奥入』に「あけくれのことぐさのよし也」とあり、また下って今川了俊の『落書露顕』に「まくらごととは、世俗に持言といふ事なり。人の口付にこのみて云ふ詞の事なり」とあり、これによって現在では簡単に「口癖」と訳されており、それで全く問題にされることはないようである。しかしわざわざ定家が注を施していることと言い、用例の少なさと言い、また「枕詞」や『枕草子』という書名との関係を含めて、今後検討すべき課題として残しておきたい。

33章　返　歌

いとこまやかに有さまをとはせ給。（命婦）哀なりつること忍びやかにそうす。（御門）御返り御らんずれば、（文詞）いともかしこきはをき所《どころ》も侍らず。かかるおほせごとにつけても、かきくらすみだり心《ここ》ちになん。

（更衣母）あらき風ふせぎしかげのかれしよりこはぎがうへぞしづ心なき

などやうにみだりがはしきを、心おさめざりけるほどと御《ご》らんじゆるすべし。」（14オ）〈絵3〉

【鑑賞33】帰りを待ちかねていた帝は、命婦から里の様子を詳しく聞き、命婦も北の方の悲哀を感傷的に告げる。

〈絵３　壺前栽の帝〉

ここには何も語られていないが、もちろん帝はそこから源氏参内の確約を得たことを知る。それを手紙で確認したところ、北の方の返歌（二四章参照）は「乱りがはしき」ものであった。この「乱りがはしき」とは書きざまを言うのであろうか、歌の内容であろうか、それとも両方を含むのであろうか。歌についても帝に対する非難というか、帝（源氏の父）の存在を無視したものであった。本来ならば不敬罪に問われても仕方のないところだが、今は娘を失って分別を弁えられないだろうからと、帝は寛容に見過ごす。というよりも、北の方から無理やり源氏を奪い取るのだから、恨み言の一つや二つ言われても仕方あるまい。これを北の方の策略であると見るのは、あまりに深読みすぎるであろうか。

文末の「べし」は例によって草子地であり、帝本人ではなく、語り手がそのように規定していることに注意しておきたい。

34章　述　懐

（御門心）いとかうしも、（人にイ）みえじとおぼししづむれど、さらにえ忍びあへさせ給はず。御らんじはじめし年月《とし》のことさへかきあつめ、よろづにおぼしつづけられて、時《とき》のまもおぼつかなかりしを、かくても月日はへにけりと、あさましうおぼしめさる。

故大納言《こだいなごん》のゆいごむあやまたず、宮づかへのほいふかくものしたりしよろこびは、かひあるさまにとこそ思ひわたりつれ、いふかひなしやとうちのたまはせて、いと哀《あはれ》におぼしやる。かくてもをのづからわか宮などおひいで給はば、さるべきついでもありなん。命ながくとこそおもひねんぜめ」（15オ）などの給はす。

【鑑賞34】「見ゆ」は物語に多出する表現である（異本の「人に見えじ」は河内本・別本等に見られる）。どうも登場人物達は、他人の眼・世間の眼を異常なまでに気にしている。いつも人がどう思うか、あるいはどう見るかを配慮し、それによって自らの行動を抑制することが多い。天皇でさえも周囲の女房達の眼を気にし、感情の赴くままに振る舞えない。若菜上巻の紫の上も、女三宮の降嫁後、女房の眼を気にして無理にそしらぬ顔をしていた。家の女房といえども、必ずしも気を許していないわけである。むしろ女房は他人のはじまりであった。

「かくても月日は経にけり」は、例によって『古今集』の「身を憂しと思ふに消えぬものなればかくても経ぬる世にこそありけれ」（八〇六番）を踏まえたものであろう。同様の表現は幻巻にも「今まで経にける月日よと思すにも、あきれて明かし暮らしたまふ」（217頁）と出ている。最愛の更衣を失い、その追慕の悲しみにくれながらも、死ぬことのできぬわが身を自覚する帝であった。だからこそ源氏の未来に対する期待も生じるのであるが、今は帝の悲哀をいかに描写するかに力点があった。

更衣の宮仕えに関しては、明石入道の発言に「故母御息所は、おのがをぢにものしたまひし按察大納言の御むすめなり。いと警策なる名をとりて、宮仕えに出だしたまへりしに、国王すぐれて時めかしたまふこと並びなかりけるほどに、人のそねみ重くて亡せたまひしか」（須磨巻50頁）とあり、やはり美人の評判が高かったようである。なお「さるべきついで」に関して、『湖月抄』にはズバリ「若宮を東宮にもと思召す御心なるべし」と注してある。この帝の言葉は、また使いが北の方の所に伝えに行くのであろうか。

35章　長恨の人

（命婦）かのをくりもの御らんぜさす。（御門心）なき人のすみかたづねいでたりけん、しるしのかんざしならましかばとおもほすもいとかひなし。

（御門）尋《たづ》ね行《ゆく》まぼろしもがなつてにても玉《たま》のありかをそことしるべく

ゐにかける楊貴妃《やうきひ》のかたちはいみじきゐしといへども、筆《ふで》かぎりありければいとにほひなし。大液《たいえき》の芙蓉未央《ふようびあう》の柳《やなぎ》もげにかよひたりしかたちを、からめいたるよそひはうるはしうこそありけめ、なつかしうらうたげなりしをおぼしいづるに、〽花鳥《とり》の色《いろ》にもねにもよそふべきかたぞなき。朝夕《あさゆふ》のことくさに〽はねをならべえだを」（15ウ）かはさむとちぎらせ給しに、かなはざりける命《いのち》のほどぞつきせずうらめしき。

【鑑賞35】　北の方からの贈り物の中に、御髪上の調度があった。今それを帝が御覧になっているのであるが、帝はふとその中のかんざしに目をとめた。途端に「鈿合金釵寄せて将《も》って去らしむ」・「太液の芙蓉未央の柳」・「天に在りては願はくは比翼の鳥と作《な》らん」・「天は長く地は久きも時有りて尽く、此恨みは綿綿として尽くる期《とき》無からん」などを下敷きにした「長恨歌」の引用がちりばめられる（『源氏物語』の作者は、通行の「絶」本ではなく現存しない「尽」本を参照したらしい）。というよりもここを強調するために、わざわざ「長恨歌」の絵が提示されていたのである。帝は絵中の楊貴妃と亡き桐壺更衣の面影を重ねようとした。

「げにかよひたりし」については、普通は主語を楊貴妃のことと解釈している。しかしここに「し」とあるからには、桐壺更衣のことと見なければならないのではないだろうか。ここでは実見している長恨歌絵の楊貴妃と桐壺更衣の類似を上げ、その上で両者の相違点が明確に示されていると見たい。もはや楊貴妃との二重写しは意味をなさなくなってしまったわけである。容貌がどのように類似していようとも、唐様の衣装を纏った「うるはし」き楊貴妃は、所詮「らうたげ」な桐壺更衣とは異なるものでしかない。どうも唐絵の手法では更衣のすばらしさは表現できないようで、むしろ大和絵の方が似合っているようだ。端正な美には、どことなく権力的な威圧感が漂っている。ただし桐壺更衣自身が唐めいたる服を着ていたと読むこともできなくはない。十二単衣が常服になったのがいつ頃か未詳だからである。醍醐帝後宮の女性達は、一体どのような服装をしていたのであろうか。服飾文化史研究の進展を期待したい。

　血は争えないもので、源氏も「うるはし」き葵の上を避けて、「らうたげ」な夕顔にひかれるのであった。これは帝からの見えない相続であり、そして亡き母への潜在的思慕によるのであろう。しかし夕顔との類似を想定すると、桐壺更衣に関する読みを再検討しなければならなくなる。つまり夕顔に対する人物規定は、若き源氏の思い込み（誤解）であったからである（吉海「夕顔物語の構造」『源氏物語の新考察』参照）。ひょっとすると桐壺更衣の性格設定にも、若き帝の思い込みがなかったかどうか。極端に言えば、更衣はただの「らうたげ」な女ではなく、むしろ表面的にそう振る舞う（演技する）ことによって、帝の寵愛を独り占めにしていたのかもしれないのである。一族の野望を担って入内し後宮で生活する以上、それくらいの〈したたかさ〉はむしろ必須なのではないだろうか。いずれにしても桐壺更衣自身も大納言家の遺志を担って入内しているのだから、帝の寵愛を得るための努力もしたに違いないのである。帝の言葉の中にも、光源氏の立太子を匂わせるような言い回しがされている（三四章）。これは祖母に対する慰めの言葉であると同時に、享受者の期待感をも高めており、それが見事に裏切られるところに面白みがあるのだ。

ところでこの「なつかしうらうたげなりし」という部分、河内本では「なつかしうらうたげなりし有様は、女郎花の風に靡きたるよりもなよび、撫子の露に濡れたるよりもらうたく、なつかしかりしかたちけはひ」とあり、桐壺更衣の記述が増大している。これは青表紙本か河内本かを見分ける一つのポイントになっている箇所である。しかも面白いことに、別本では「女郎花」が「尾花」に入れ替わっており、三者三様の特徴を露呈していると言える。どうも本来は「尾花」であったものが、「女郎花」に改変されたらしい。青表紙本など目移りで二行分飛んだ可能性もある（三谷栄一氏「尾花か女郎花か」『物語史の研究』有精堂参照）。なお『住吉物語』には「をみなへしの露おもげにて」とあり、河内本の影響が見られ、『無名草子』には「尾花の風に靡きたるよりもなよびかに」とあり、これは明らかに別本に依っていることがわかる。また『唐物語』には「撫子の露に濡れたるよりもらうたく、青柳の風に随へるよりもなよらかに」とあり、これも河内本に依っているようである。

ここで注意すべきは帝の歌である。実はこれとそっくりの歌が、幻巻に見られるからである。紫の上を失った翌年の秋、源氏は「大空をかよふまぼろし夢にだに見えこぬ魂の行く方たづねよ」（218頁）と詠じている。帝と更衣の果たしえなかった愛の課題を担った源氏も、歳月を隔てて帝と同じ運命に嘆くわけである。わざわざ臣籍に降下させられて、栄耀栄華を極めた源氏であったが、最終的に最愛の紫の上を失ってしまう。親子とはいえ、二人の人生の究極の一致が悲しく、また「長恨歌」の「此恨み綿綿として尽くる期無からん」（あるいは「李夫人」の「此恨み長しへに在りて銷《き》ゆる期《とき》無からん」）という語句の趣旨がここまで呪縛していることに驚かざるをえない。「長恨歌」は恋愛物語の永遠の命題であろう。光源氏物語は、その始まりと終わりをかくのごとく呼応させているのである。また夕顔や葵の上の死に関連して引用されている点、「長恨歌」には死のイメージが漂っているようである。

「羽をならべ枝をかはさむ」に関しては、この時代「長恨歌」が楊貴妃物語として和風に馴化していたことを考慮すると、宣耀殿女御の「いきての世死にての後の後の世も羽をかはせる鳥となりなむ」（『村上御集』）と、村上天皇の「秋になることの葉だにも変はらずはわれもかはせる枝となりなむ」（同）という贈答歌からの引用と見た方がいいのかもしれない。もちろん帝自身も先程まで「長恨歌」の絵を見ていたのだから、その発想そのものは決して目新しいものではない。なお「花鳥の色にも音にもよそふべきかたぞなき」という表現には、紫式部の祖父藤原雅正の「花鳥の色をも音をもいたづらにもの憂かる身はすぐすのみなり」（『後撰集』二一二番）歌が踏まえられているらしい。どうも紫式部は一族の和歌を意図的にしばしば用いており、ちゃっかりと自家の宣伝をしているようである。

36章　観月の宴

風《かぜ》のをと虫《むし》のねにつけて、もののみかなしうおぼさるるに、弘徽殿《こうきでん》にはひさしううへの御《み》つぼねにもまうのぼり給はず。月のおもしろきに夜ふくるまであそびをぞし給なる。（御門心）**いとすさまじうものしときこしめす。此比《このころ》の御《み》けしきをみたてまつるうへ人女房《びとねうはう》などは、かたはらいたしときけり。**（地）**いとをしだち**（弘徽殿）**かどかどしき所ものし給ふ御かたにて、ことにもあらずおぼしけちてもてなし給なるべし。**

【鑑賞36】『源氏物語』の作者は視覚・嗅覚に敏感なだけでなく、聴覚つまり声とか音にも異常に敏感だったらしい（三田村雅子氏「〈音〉を聞く人々―宇治十帖の方法―」『物語研究』新時代社参照）。前（三〇章）にも虫の声が喩的印象的に用いられていたが、ここも音によって抒情性をかもしだしている。しかし場合によっては、美的であるはずの管弦の遊びが、全く逆の意味を持つこともある。ここに弘徽殿が催した観月の音楽会がその好例である。亡き更衣の思い出に浸る帝にとって、彼自身も更衣との思い出の中で管弦の場面を幻想していたにもかかわらず、弘徽殿の管弦は極めて不快な不協和音でしかなかった。それが清涼殿の上局ならば、もっと騒々しいに違いない。弘徽殿にしても比較的近距離なので、いやでも音が耳に入るわけである。

一方弘徽殿にしてみれば、死んでしまった更衣にいつまでも拘泥している帝に腹が立つし、密かにその里方に勅使を差し向けていることによって、源氏の立太子でも計っているのではと疑いたくもなる。わざわざ聞こえよがしに管弦の遊びを催し、敢えて帝の心情に反抗・敵対する所以はここにあった。もちろん物語は更衣側に視点があるので、それに背く弘徽殿は「いとおしたち、かどかどしき」女性と規定されてしまう。この「いとおしたち」は、底本では「いとほし＋だち」と解しているようだが、「いと＋押し立ち」（我を張る）であろう。「かどかどし」も良い意味の「才々し」ではなく、悪い意味の「角々し」であった。同じ秋の夜の月でも、見る人の心によってかくも異なっているのである。

しかしながら、これはなにも帝と弘徽殿という男女のみの対立ではない。光源氏の誕生（五章）で述べたことと同様に、果たして桐壺更衣の死を身内以外の誰が本当に悲しんだのだろうか。考えてみると後宮の女性達は、むしろそのライバルの死を内心喜んだはずである。もちろん更衣の死など国家的に見ればちっぽけなものであり、だからといって宮廷行事が中止されることなど決してあるまい。つまりこの場で憤っているのは、私的な帝の心情レベルであって、たとえ個人的に不快に思ったとしても、観月の宴を止めさせる正当な理由などどこにもないのである。

逆に弘徽殿側にとっては、この宴は重要な意味を有する。敢えて帝の心情に反することを堂々と行っているのだから、これは次期政権担当者たる右大臣一家の**旗揚げ**（デモンストレーション）でもあった。貴族達は右大臣につくか帝につくか、ここで選択を迫られているわけであり、右大臣は宴会に誰が出席するのか（自分に何人従うか）、それをじっと観察していたろう（花宴巻も同様）。実は、後に源氏も絵合巻において、明石の絵日記を提示することによって、自らの権勢を誇示していた。物語といえども、こういった行事は一種の比喩であり、常にその背後に政治性を読み取るべきなのである。

もっとも、だからと言って必ずしも右大臣家が絶大なる権力を獲得したわけではないようだ。現勢力としては左右大臣家が力を二分しているように見えるが、実はむしろ軍雄割拠の時代であり、左右大臣が連合してようやく最大勢力になっているのであるから、決して左大臣一派を無視できないはずである。この連合政権にしても、結局朱雀帝の東宮（母承香殿女御）の外戚たりえず、政権はいとも簡単に髭黒方に移行してしまう。

37章　独　詠

月もいりぬ。

（御門）雲《くも》のうへもなみだにくるる秋の月いかですむ」（16オ）覧《らん》あさぢふの宿《やど》

（御門心）おぼしやりつつともし火《び》をかかげつくしておきおはします。

【鑑賞37】「雲の上も」歌には、善滋為政の「九重のうちだに明き月影に荒れたる宿を思ひやるかな」（『拾遺集』一一〇五番）歌が踏まえられている。「浅茅生の宿」とは、祖母の詠歌「虫のねしげき浅茅生に」（三〇章）を受けたものである。この歌語に関して岩波の古語辞典には、「万葉集・古今集では叙景や恋の歌にも使われるが、源氏物語以後はヨモギ・ムグラと共に淋しい荒廃した場所の象徴とすることが多い」という興味深い解説が述べられているが、ここでは三〇章で述べたように「長恨歌」の崩れた引用と考えておきたい。

また「ともし火をかかげつくして」も、やはり「長恨歌」の「孤燈挑げ尽くして未だ眠を成さず」の明らかな翻案である。しかしそれだけにとどまらず、招魂の迎え火としても機能しているらしい（林田孝和氏『源氏物語の発想』桜楓社参照）。桐壺巻は単なる「長恨歌」の換骨奪胎では決してなかった。

こうして停滞した時間の象徴たる月が入り、夕月夜から始められた月の物語はようやく幕を閉じようとする。それと同時に更衣への哀悼・鎮魂も完了し、いよいよ光源氏を主人公とする物語が、テンポアップして開始されることになる。なお留意すべきは、更衣追悼の条が引歌等の和歌的表現の多用によって展開していることである。その点にこそ**非日常言語**たる和歌の効力があった。そして作者はその効果を十分理解した上で、積極的に利用しているのである。

38章　不　　食

右近《うこん》のつかさのとのゐ申のこゑ聞ゆるは、うし（丑刻也）になりぬる成べし。人めをおぼしてよるのおとどにいらせ給てもまどろませ給ことかたし。

あしたにおきさせ給ふとても〳〵あくるもしらでとおぼしいづるにも、猶《なを》あさまつりごとはをこたらせ給ぬべかめり。ものなどもきこしめさず、あさがれゐのけしきばかりふれさせ給て、大床子《だいしやうじ》の御ものなどはいとはるかにおぼ

しめしたれば、はいぜんにさふらふかぎりは、心ぐるしき御《み》けしきをみたてまつりなげく。

【鑑賞38】「宿直奏《とのゐまうし》」とは近衛府の官人が毎夜定刻にその名を奏することで、「名対面」とも言う。左近の官人は亥の一刻（午後九時）から子の四刻（十二時半）まで、右近の官人は丑の一刻（午前一時）から卯の一刻（五時）までを奏した。夕顔巻にも「内裏を思しやりて、名対面は過ぎぬらん、滝口の宿直奏今こそ、と推しはかりたまふは、まだいたう更けぬにこそは」（134頁）と見えている。

「明くるも知らで」とは、例によって引歌表現であり、「玉簾明くるも知らで寝しものを夢にも見じと思ひかけきや」（『伊勢集』）を踏まえている。ただし面白いことにこの歌は、「長恨歌の屏風を亭子院のみかどかかせたまひて、その所々よませたまひける」という詞書で明らかなように、長恨歌屏風絵を詠んだ歌であった。つまりこれも間接的な「長恨歌」の引用なのである。続く「朝政」は直接に「長恨歌」の「春宵苦だ短くして、日高くして起く、是れより君王早朝《あさまつりごと》せず」を引用したものであるが、既に更衣は亡くなっているので、引用の内実は相違しているわけである。ここに「長恨歌」引用の多様性が認められる。もちろんそれだけでなく、これを廃朝と見れば、文学的修飾のみならず、生々しい政治性が浮上してくる。帝側からとらえれば、政務を遅延させることは右大臣側に対する精一杯の抵抗（復讐）なのかもしれない。摂関体制の中の天皇制において、帝にできる抵抗といえば、おそらくそれくらいであろう。

ところで「朝餉《あさがれひ》」とは朝御飯のことではなく、朝餉の間における略式の食事であり、回数も決まっているわけではない。それに対して昼の御座における公式の食事を「大床子の御膳《おもの》」と言う。これも昼御飯のことではなく、朝夕二度の食事である。神的存在の天皇としては、神様にお供えするように視覚のみによる食事もあり、その方が祭儀的な意味としては重かった。もっとも配膳の人々（朝餉には女官が奉仕し、大床子の御膳には殿上人や蔵人が奉仕する）にとって、帝の食欲不振は自分達の責任問題となろうから、その意味でも嘆かざるをえまい。

こうして母を失った光源氏は、丸裸同然になった。裸の源氏に残されたものは、輝くばかりの美しさだけである。この美貌を唯一の**武器**として、源氏はこれから栄華への遠い道のりを歩いていかねばならない。物語の主人公といえども、彼は決して敷かれているレールの上を安直に進んでいるわけではないのだ。これから幾多の困難を切り抜け、時として友をも踏台にしながら、数十年の歳月をかけて権力の座を手に入れるのである。我等がヒーロー光源氏の人生の第一歩は、予想外に深刻なものであった。

39章　廃　朝

すべてちかう」（16ウ）さふらふかぎりは、おとこ女《をんな》いとわりなきわざかなといひあはせつつなげく。さるべきちぎりこそはおはしましけめ。そこらの人のそしりうらみをもはばからせ給はず、この御ことにふれたることをば、だうりをもうしなはせたまひ、いまはたかく世のなかのことをもおぼしすてたるやうになりゆくは、いとたいだいしきわざなりと、人のみかどのためしまでひきいでささめきなげきけり。

【鑑賞39】　死後も変わることなき更衣への愛、それは更衣としては何よりの喜びであるけれども、そのために帝が政治を忘れては、国家の一大事である。

更衣の排除（死）によって後宮の秩序は回復するかに見えたが、さすがに帝の心の中の更衣思慕は排除できなかった。必然的に更衣は、死して後まで悪者扱いされざるをえない。それ程までに寵愛が深かったのだが（計算外？）、それは更衣の鎮魂として機能する一方、後宮の女性及び政治家達にとって好ましからぬ事態であった。そう考えると、続いて展開する光源氏の序章としては、将来の不安が増大せざるをえない。このままでは源氏は、更衣の子供というだけで白い眼で見られてしまうからである。

なお「たいだいし」とは、「たぎたぎし」の音便とされている。もっとも「たぎたぎし」は『古事記』や『風土記』等古い用例ばかりで、平安朝の仮名文では「たいだいし」が用いられているので、音便というだけでは説明できないかもしれない（本居宣長は『源氏物語玉の小櫛』で「たみたみし」の音便と解釈している）。

40章　若宮参内

月日へてわか宮（源氏）まいり給ぬ。いとどこの世の物ならずきよらにおよすけ給へれば、（御門心）いとどゆゆしうおぼしたり。

【鑑賞40】　ここで悲しみの物語から、いよいよ若宮の物語へと転換する。と同時に物語には、以後「長恨歌」のみならず引歌すらも用いられなくなる。文体が内容に合わせて変化しているのであろう。

「月日経て」に、どれくらいの空白時間を想定すればいいのかやっかいである。むしろ源氏参内の約束を取り付けてから、かなり長い歳月（服喪期間？）が経過していると見た方がいいかもしれない。少なくとも源氏三歳の時に更衣が亡くなったのだから、四歳と見ても一年、五歳と見れば二年は経過していることになる（『湖月抄』は五歳参内説)。

後見のいない源氏が、現在のような危うい状況のもとで生き抜くには、異常なまでの美的条件を必須とした。もちろん出家（リタイヤー）でもすれば問題ないのだが、それでは物語が続かない。これから源氏が、彼の成長に好意を寄せぬ人々の中で交わっていくためには、個人的な才能と美質が不可欠なのである。はたして源氏には、生まれながらに美が備わっていた。今度はその才能のすばらしさが、これでもかこれでもかと執拗に語られる。従来の昔物語の主人公達が、天与のものとして授けられていた美貌や才能が、『源氏物語』では、主人公が生きるための**内的必然**として付与・獲得されている点にも注目すべきであろう。『源氏物語』はそんなに甘くはないのである。

41章　立　太　子

あくるとしのはる坊《ばう》（朱雀院）さだまり給にも、いとひきこさまほし」（17オ）うおぼせど、御うしろみすべき人もなく、また世のうけひくまじきことなれば、中々あやうく覚しはばかりて、色にもいださせ給はずなりぬるを、さばかりおぼしたれど、かぎりこそありけれと、世の人もきこえ、女御（弘徽殿）も御《み》こころおちゐ給ぬ。

【鑑賞41】　源氏参内に続いてすぐに「明くる年」とあり、たった一行程で一年が経過する。そして源氏六歳の時、ついに第一皇子が立太子した（季節を春としたのは、春宮に掛けた洒落か）。帝は源氏を東宮にしたかったらしいが、〈天皇制〉といえども専制君主たりえず、遂に右大臣一派の勢力に、そして世の常識に屈したのだ。源氏に強力な後見がいないのだから、それもやむをえまい（ただし桐壺帝の後見人も不在だった）。作者はここでも「限り」にこだわっている。

逆に考えれば、直前まで一の宮の立太子を延引させたわけであり、少なくともその時まで源氏立太子の可能性は残されていたことになる。だから更衣亡き今も危険分子だったのである。例えばここで左大臣が、娘葵の上との結婚を条件に源氏のバックアップをしていたら、あるいは源氏立太子が実現していたかもしれない（反面源氏の身が危うくなる）。しかし物語は源氏の皇位継承をテーマに据えていないので、左大臣の出番はもう少し遅れる。

これで弘徽殿もようやく「東宮の女御」と呼ばれる資格を得た（五三章参照）。この東宮の女御とは、東宮に入内した女自身を指す場合と、東宮の母である女御を言う場合がある。ここは当然後者であり、弘徽殿は桐壺帝の女御というより、次期天皇たる東宮の母として据え直されたわけである（しかしまだ后の椅子は手に入れられない）。帝への愛が遠ざかるかわりに、実を手に入れたわけだが、それが女の幸せかどうか断言しにくい。後に帝は「春宮の御母にて二十余年になりたまへる女御をおきたてまつりて」（二紅葉賀巻76頁）新参の藤壺を立后させ、その際弘徽殿に「春宮の御世、いと近うなりぬれば、疑いなき御位なり。思ほしのどめよ」（同）と言い訳しているからである。東宮が即位すれば、必然的に皇太后になるはずだから我慢しろというのだが、この言葉には長年連れ添ってきた妻に対する愛情の一かけらも感じられない。これも桐壺更衣の死に対する帝の報復措置かもしれないけれど、弘徽殿は女としては不幸な人生だった。なお皇后と中宮は本来同じことなのだが、それが分離して別個に用いられるようになると、今度はそこに微妙な相違が生じてくる。つまり中宮という呼称は帝の寵愛を受けていることを前提にし、一方皇后は既に寵愛なき呼称なのである。

その意味では、『伊勢物語』に登場する二条后（高子）の引用かもしれない。二条后も清和天皇の女御でありながら后にはなれず、わが子貞明親王（陽成天皇）の即位によってようやく中宮（皇太后）の位を獲得しているからである。しかも『古今集』には「春宮の御息所」という呼称がしばしば用いられていた。もちろん弘徽殿には密通の可能性は閉ざされているけれども、そのかわりに妹朧月夜と光源氏の密通が準備されている。また朱雀帝の早期退位も、陽成帝の場合と二重写しになっているのかもしれない（眼病という点では三条天皇と共通する）。その朱雀帝の時代にも皇后は不在であり、東宮の母である故承香殿女御（髭黒大将の妹）が東宮即位（朱雀帝退位）後に、ようやく皇太后の位を追贈されている。

面白いことに、道長の娘彰子の立后に際して、藤原行成の『権記』長保二年正月二八日条には「当時所坐藤原氏皇后、東三条院・皇太后宮・中宮、皆出家ニ依テ、氏祀ヲ勤ムル無シ」云々とあり、藤原氏の后が皆出家しているために氏神の祭に奉仕できないことを最大の理由としてあげている。『源氏物語』の読みにも、こういった視点からの問いかけは必要ではないだろうか。そうなると藤壺（桐壺帝后）・梅壺（冷泉帝后）・明石姫君（今上帝后）と、藤原氏ならぬ后の連続がいかに異常であり、現実（歴史）離れしているかが容易に納得されるであろう。これは明らかに藤原氏に対する批判なのである。

42章　祖母の死

かの御おば北のかた（更衣母）なぐさむかたなくおぼししづみて、（更衣ノ）おはすらむ所にだにたづねゆかんとねがひ給ししるしにや、つゐにうせ給ぬれば、またこれをかなしび覚《おぼ》すことかぎりなし。みこ（源氏）むつになり給《たまふ》としなれば、この度《たび》は覚ししりて恋《こひ》なき給ふ。年比《としごろ》なれむつびきこえ給へるを、みたてまつりをくかなしひを」（17ウ）なん返々の給ひける。

【鑑賞42】　東宮決定の直後、今度は祖母の死が描かれる。たった一人のかわいい孫を残しながら、死を望むというのも妙な話ではないだろうか。おそらく源氏立坊という最後の望みを失ったことで、祖母君は終に力尽きたのであろう（同時に享受者の期待も見事に裏切られる）。もはや源氏即位の大望は完全に打ち砕かれた。しかし逆に考えれば、祖母は今までそれを期待していたわけであり、期待できる状況だったことになる（三四章参照）。そして今、源氏は唯一の後見をも失ったのである。祖母の存在がそれほど強大とは思えないけれども、それでも物語は源氏を徹底的に孤立させたいらしい。

源氏が母を失ったのは三歳の時で、その悲しみを理解することもできなかった（一六章）が、今度は六歳であり、祖母の死を悲しみうる年齢に達していた。必然的におばあちゃん子であったろう。しかし葬儀や服喪など具体的なことは一切省略され、物語はせわしなく先へ先へと進行する。

43章　七　歳

（源氏）いまはうち（内裏）にのみさふらひ給。ななつになり給へば、ふみはじめなどせさせ給ひて、世にしらずさとうかしこくおはすれば、あまりにおそろしきまで御覧《ごらん》ず。

【鑑賞43】　続いてあっさりと数行でまた一年が経過し、源氏七歳の読書初めのことを語る。これについては『花鳥余情』に「御書始には御注孝経或は貞観政要をよみはじめ給ふ也」と注してある。また『今鏡』にも「十一月には二宮御書始めとて、式部大輔挙周と聞えし博士、御注孝経といふ書、教へたてまつりて」（すべらぎの上巻）と見えている。文章博士から玄宗注孝経の読みを習うのであるが、ここでも恐ろしい程の源氏の聡明さが強調される。源氏が生き残るためには、これから超人的な才能を発揮していかなければならないからである。あるいは祖母の死によって源氏が完全に無力化したために、源氏に対する迫害も逆に納まったのかもしれない。後見なき皇子など恐るるにたらぬ存在であったから。こうして源氏が丸裸になって、ようやく左大臣という後見人の存在が可能となる。もっとも須磨巻において、「七つになりたまひしこのかた、帝の御前に夜昼さぶらひたまひて、奏したまふことのならぬはなかりしかば」（29頁）と記されており、源氏自身がそれほど危機感をもっていたわけではないのかもしれない。

44章　母なし子

（御門詞）今はたれもたれもえにくみたまはじ。はは君《ぎみ》なくてだにらうたうし給へとて、弘徽殿《こうきでん》などにもわたらせ給ふ御ともには、やがてみすのうちにいれたてまつり給。いみじきもののふあたかたきなりとも、みてはうちゑまれぬべきさまのし給へれば、えさしはなちたまはず。女《をんな》御子《みこ》たちふた所《ところ》、此（弘徽殿）御はらにおはしませど、なずらひ給べきだにぞなかりける。

【鑑賞44】　本来は幼年であっても、男子は御簾の中には入れないものらしい。にもかかわらず帝は、源氏の生命の安全を保証するため、進んで源氏を弘徽殿の前（虎穴？）に連れていく。それは源氏を弘徽殿の実子並に待遇していることを意味する（これは継母（弘徽殿）と継子（源氏）という継子苛めの構図に当てはまる）。実はそのために、帝は頻繁に弘徽殿へ足を向けたのである。憎んで余りある桐壺更衣の忘れ形見ではあるが、その源氏の存在によって、かえって帝の訪れがふえるという皮肉。しかし弘徽殿としても源氏さえ表面的にかわいがっていれば、それで帝を引き付けることができるのであるから、ここはいやでも譲歩せざるをえない。帝自らが平等に振る舞ってさえいれば、後宮はそれだけで安泰なのだ。なおここに「にも」とある点、『湖月抄』では「にもといふ詞にて、余の女御更衣たちの御かたへも御供にておはせしと知るべし」と注している。ここでも弘徽殿は後宮の代表者なのである。

仮説ではあるが、この頃に弘徽殿は久しぶりに懐妊し、女宮を出産している可能性がある。花宴巻（源氏二十歳）で弘徽殿腹の二人の皇女（女一の宮・女三の宮ではどうも年齢があわない）が一緒に裳着（普通は十二歳頃）を行っている点、普通に考えれば源氏より五歳以上は年下の妹宮ということになる。少なくともそのうちの一人をこの時期の出産とすると、ちょうど八歳違いでうまく計算があうのだ。ここに至って、残念ながら弘徽殿の床避り説（八章参照）は、成り立たなくなってしまった。

もちろんここに出ている「女御子たち二ところ」こそは、源氏と美しさを比較できる年齢（同年齢以上）なのだから、女一の宮・女三の宮なのであろう（異腹の女二の宮は全く登場せず）。桐壺更衣の寵愛ぶりを考慮すれば、源氏と同年齢とは考えにくい。もちろん更衣が出産のために数箇月里下がりしていた折に妊娠する可能性は否定できない。そうすると一歳年少の妹宮になるが、藤壺入内を勧める桐壺帝の言葉に、「わが女御子たちの同じ列に思ひきこえむ」（五四章）とあり、藤壺と同世代ならば当然源氏の姉になる（おそらくは朱雀院よりも年長）。しかし六条御息所の娘についても「斎宮をもこの皇女たちの列になむ思へば」（二葵巻96頁）と述べており、この場合だと源氏よりずっと年少の妹になってしまう。これは単に桐壺帝の**口説き文句**（類型）なのであろうか。

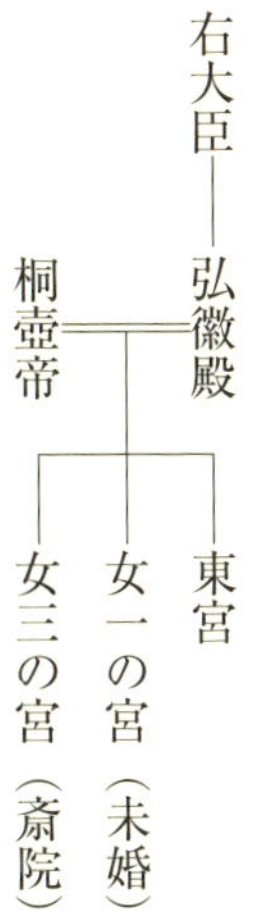

もっとも花宴巻で、はじめて女一の宮・女三の宮の呼称が用いられているのであるから、二十歳をはるかに越えて裳着を行ったと見ることも可能ではある（そうなると「遅れて咲く桜二木」（89頁）が比喩として生きてくる）。これが女四の宮・女五の宮等だったら問題ないのだが、ここに構想の変化あるいは作者のケアレスミスが生じているのかもしれない。もちろん高貴な内親王は結婚しないで生涯独身で通すことが多いので、貴族の姫君のように早く裳着を行って早く結婚する必要がないとも考えられる（八章）。もしそうなら逆に結婚しなければならない内親王（落葉の宮・女三の宮等）の悲劇性がほの見えてくることになる。いずれにせよ内親王に関しては未開拓部分が多い（今井源衛氏「女三の宮の降嫁」『源氏物語の研究』参照）。

45章　美と才

御かたがたもかくれ給はず、いまよ」（18オ）り（源氏）なまめかしうはづかしげにおはすれば、いとおかしううちとけぬあそびぐさに、たれもたれも思ひ聞《きこ》え給へり。

わざとの御がくもんはさるものにて、ことふえのねにも雲《くも》井をひびかし、すべていひつづけば、ことことしううたてぞなりぬべきひとの御さまなりける。

【鑑賞45】　源氏の美しさは、今まで敵だった女御・更衣達をもほほえませてしまう程のものであった。実は、それが非常に重要なのだ。〈笑い〉とは単なる行為なのではなく、それによって相手を敵対できなくする所作である。つまり極端に言えば、笑ったら相手に負けたことになるのだ（にらめっこと同じ）。後見人のない幼い源氏は、唯一の武器（持ち前の美）によって、かろうじて**自己防衛**しているわけである。だからこそ語り手は、繰り返し繰り返し執拗に源氏の美質を語り、賛美し続けなければならないのである。

ただし源氏はこの当時七歳以上であり、既に幼児期は過ぎていた。そんな源氏と女御・更衣達が打ち解けて遊べるはずもなかろう。「遊び種」にしても、一見ありきたりの言葉のように見えるが、『源氏物語』にはこの一例しか使われていない。類語としては「もて悩みぐさ」（三章）・「もの思ひぐさ」（花散里巻205頁）・「慰め種」（東屋巻160頁）等がある。

なお「わざと」の学問とは正式かつ公的な学問のことで、漢学を意味する。具体的には三史五経のようなもののことであるが、政治家としての教養（漢詩とか儒学）をも意味している。それのみならず音楽の才能等々、源氏はオールマイティの天才なのである（ただし精神面は未熟）。

46章　高麗の相人

そのころこまうどのまいれるがなかに、かしこきさうにんありけるをきこしめして、宮のうちにめさむことは、うだのみかどの御いましめあれば、いみじうしのびて、このみこ（源氏）を、鴻臚館《こうろくはん》につかはしたり。御うしろみたちてつかうまつる、右大弁《うだいべん》のこのやうにおもはせてゐてたてまつる。」（18ウ）〈絵4〉

【鑑賞46】「その頃」という発語の意味に注意しておきたい（吉海「源氏物語「その頃」考―続篇の新手法―」『源氏物語研究而立篇』影月堂文庫参照）。これは今までの物語を一旦ストップさせ、全く新たなる人物を物語に登場させる技法である。その人物が前の物語と合流して、新しい物語展開がなされていく。

ところで高麗は延喜十八年（九一八年）以降一三九二年まで、四百七十三年間続いた朝鮮の王朝である。当時の見方としては、中国・朝鮮は日本よりずっと文化水準の高い国であった。その高麗の相人であるから、信憑性は非常に高いのである。『大鏡』の雑々物語中にも「狛人」の相人が登場しており、時平・仲平・忠平を占い、また実頼の素性も見破っている。これなどは桐壺巻の引用であろうか。ただし『古事談』六―四八にも保明太子・時平・菅家・忠平を相する説話があり、あるいは次章に例示した『聖徳太子伝暦』等の系統なのかもしれない。

また「宇多の帝の御戒」とは、宇多天皇が寛平九年（八九七年）に幼少の醍醐天皇に譲位するにあたって、天皇の心得を書いて与えたものである。その中に「外蕃之人必ズ召見ス可キ者ハ、簾中ニ在テ見ル、直対ス可カラズ」という条項がある。ここでは〈寛平の御遺戒〉という具体例を持ち出すことにより、物語にリアリズムを付与しているのであろう。もちろん御遺戒では直対するなと言っているだけで、宮中で会ってはいけないと戒めているわけではない。つまり物語はこれを巧みにずらしながら利用し、むしろ宮廷外で会見することによって、事件の重み（秘密）を匂わせているのである。

ここではそのために右大弁（従四位相当）という新たな登場人物が、源氏の後見（兼通訳？）として設定されている。しかし源氏と血縁関係にあるとも思えない。単に帝の依頼によるものであろうか（だから「だちて」なのであろう）。後の源氏元服（六二章）に際しても登場しているけれども、そうなると完全に源氏側の人物となり、当然右大臣一派には敵視されるのだから、相当の覚悟がいるに違いない。彼にとっては一生を左右する大きな賭けであ

〈絵４　高麗人の観相〉

った。この「いと才かしこき博士」たる右大弁のモデルとして、宇多天皇とのかかわりから菅原道真があげられている。

なお梅枝巻に「故院の御世のはじめつ方、高麗人の奉れりける綾」（183頁）とあり、この高麗人を仮にこの一行だとすると、この場面はまさに桐壺帝在位の前期となり、源氏誕生直前に即位したことになる。あるいは桐壺更衣も桐壺帝東宮時代に入内したと考えるべきであろうか。そうなるとモデルたる原子と完全に符合する。

47章　観　相

相人《さうにん》おどろきて、あまたたびかたふき、あやしふ。くにのおやと成て、帝王《ていわう》のかみなきくらゐにのぼるべき相《さう》おはします人の、そなたにてみれば、みだれうれふることやあらん。おほやけのかためとなりて、天下《あめがした》をたすくるかたにてみれば、またその相《さう》たがふべしといふ。

弁《べん》もいとざえかしこきはかせにて、いひかはしたることどもなん、いとけうありける。

【鑑賞47】「あやしぶ」とは漢文訓読的な物言いであり、普通は「あやしむ」と言う。ここはわざわざ高麗人の言動であることを意識して、あえてそう表記しているのであろう。これなど書写者が安易に改訂していたら、それで永遠に消滅する微妙な問題である。

さて高麗人の相人の観相（予言）に関しては、森一郎氏の一連の御労作をはじめとして、様々の論議がなされている（森一郎氏「桐壺巻の高麗の相人の予言の解釈」青須我波良26・昭和58年7月）。しかしながら森氏自身が旧稿の撤回・修正を続けておられるように、今なお定説を見ない現状である。むしろこの謎解きの面白さは、源氏物語研究の縮図と言えるかもしれない。

相人が「あまたたび」首を傾けたのは、まず源氏が右大弁の子であることに不審を抱いたからであろう。しかし直後の「国の親と」以下の予言（日本語でしゃべったのではあるまいが）は、もはや右大弁の子としてではなく、源氏を皇子と見破っての観相と見たい。その予言の射程はどこまでなのか、既に国父（冷泉帝の父）としての源氏の〈准太上天皇〉（藤裏葉巻）を見越してのことなのか、あるいは潜在王権として作用する装置なのか、それとも次期東宮の可能性を断念させるものなのかなどなど、枚挙に暇がない程に論文が山積みされている。逆に言えば物語は**複数の答え**（読み）を許容しているのである。物語研究において正解を一つに限定することは、かえって物語世界を狭くしてしまう恐れがある。

ところでこの予言は、『聖徳太子伝暦』中の新羅人の観相記事「太子聞日羅有異相者。奏天皇曰。兒望。随使臣等。往灘波館。視彼為人。天皇不許。太子密諮皇子。御之微服。従諸童子。入館而見。日羅在床。四望観者。指太子曰。那童子也。神人矣。于時太子麁服布衣。垢面帯縄。歟馬飼兒連肩而居」に類似しており、源氏の将来には聖徳太子までもが重ね合わせられていることがわかる。

おそらく相人自身にも帝にも、もちろん源氏にも不透明な予言なのではないだろうか。詰まるところこれは〈読み〉の問題であり、正解の明かされない謎解きではないだろうか。無責任な言い方だが、本来占いとはそんなものであろう。しかしこれによって、光源氏が若死にしないことだけは保証されたわけである。なお「帝王」という用例は明石巻・若菜上巻にも見られる。

48章　相人帰国

ふみなどつくりかはして、けふあすかへりさりなんとするに、かくありがたき人にたいめんしたるよろこび、かへりてはかなしかるべき心ばへを、おもしろくつくりたるに、みこ（源氏）もいとあはれなるくをつくり給」（19ウ）へるを、かぎりなうめでたてまつりて、いみじきをくりものどもをささげたてまつる。をのづからことひろごりて、もらさせ給はねど、春宮《とうぐう》のおほぢおほやけよりもおほく（のイ）ものたまはす。をのづからことひろごりて、もらさせ給はねど、春宮のおほぢおとど（右大臣）など、いかなることにかとおぼしうたがひてなんありける。

【鑑賞48】『宇津保物語』において俊蔭は、「七歳になるとし、父が高麗人にあふに、この七とせなる子、父をもどきて高麗人とふみを作りかはし」ており、父が左大弁であることを含めて、ここの記述に引用されているのではないだろうか。少なくとも源氏を大弁の子とすることの正当性は保証されよう。最初は皇子であることを隠して人相を見させたのだが、帰国に際して相人が贈り物を「ささげ奉る」とあり、また朝廷からも公然と下賜品があったことにより、源氏の素性が明かされていたことが判明する。ところで底本は「多くの物」とあるが、青表紙本をはじめ多数の本は「多くの物」となっている。この方がわかりやすいようである。また河内本では「たまはせなどしけるを、もらさせたまはねどをのづからことひろごりて、春宮のおほぢおとどなどもきき給て」と、文脈がわかりやすいように整理されている。

一の宮が立太子したことによって、皇位継承問題は円満解決したかに見えたが、またしても帝が秘密の行動をとったものだから、源氏をめぐる問題が再燃した。『湖月抄』には「春宮を立かへ給はんかなど思ふうたがひのあるなるべし」と注してある。もちろんその火種は帝自身が蒔いたものである。

なお光孝天皇即位前紀には、「天皇少クシテ聡明。好ミテ経史ヲ読ム。容止閑雅。謙恭和潤。慈仁寛曠ニシテ。九族ヲ親愛ス。性風流多ク。尤モ人事ニ長ズ。仁寿ノ太皇大后甚ダ親重シ。遊覧讌会之事有ル毎ニ。大后必ズ請ヒテ之ガ主為ラ令ム。嘉祥二年渤海国入覲シ。大使王文矩天皇ノ諸親王中ニ在リテ拝起之儀ヲ望見シ。所親ニ謂ヒテ曰ク。此ノ公子至貴之相有リ。其ノ天位ニ登ルコト必セリ。復タ善ク相スル者藤原仲直有リ。其ノ弟宗直藩宮ニ侍奉ス。仲直戒メテ曰ク。君王ノ骨法当ニ天子為ルベシ。汝勉テ君王ニ事ヘヨト」（『三代実録』元慶八年二月条）という興味深い記事が見られる。これは尋常ならざる光孝天皇の即位を合理化正当化するために、後から付会されたとも考えられるが、渤海国の王文矩が「登天位」相を告げたり、藤原仲直が「天子」の相を予言している点など、このあたりの構成に巧みに利用されているのではないだろうか。母沢子と桐壺更衣との類似を含め、少なくともこういった歴史事実を背景にしていることは間違いあるまい。ただし作者は、しばしば複数の準拠を織り混ぜているので、単純に結び付けることだけは避けたい。

49章　倭　相

みかどかしこき御心《み》に、やまとさうをおほせて、おぼしよりにけるすぢなれば、いままでこのきみ（源氏）を、みこにもなさせ給はざりけるを、相人《さう》はまことにかしこかりけりと覚しあはせて無品親王《むほんしんわう》の外戚《ぐわいせき》のよせなきにてはただよはさじ、わが御世もいとさだめなきを、たた人にておほやけの御うしろみをするなん、行《ゆく》さきも」（20オ）たの

もしげなることとおぼしさだめて、いよいよみちみちのざえをならはさせ給ふ。

【鑑賞49】　倭相とは日本流の観相のことだが、日本人の観相見という説もある。そこでこの部分の解釈は大きく二つに分かれる。つまり帝自身が日本流の観相を試みたのか、または観相見に観相させたのか、である。『湖月抄』には「細流に、和国の相人もかやうに申す也、とあるはたがへり。これは相人に見せ給へるよしにはあらず。もし実の相人のごとくしては、かしこき御心にといへるも用なく、おぼしよりにけるといへるもかなはず。帝の御心にかむがへ給ふことを、やまと相としもいへるは、こまの相人の事をいへる所なる故也」とある。また『夜の寝覚』巻五にはこの部分を引用して、「その道ならぬ大和相をおほせて、上なき位を極めたまはむこと、なにの疑ひあべうもあらぬ人のものしたまひける」とあるが、どうやら本人が相見していると解釈しているようである。

その倭相見にしても帝にしても、源氏を皇子と承知の上で観相したはずである。だからその先入観は拭いきれない。しかし高麗の相人は、右大弁の子として源氏を観相し、しかも皇子と見抜いたのだから、それで「相人は賢かりけり」と驚くのである。とにかく倭相・高麗人の観相・宿曜（インド流）の勘申と三種類の予言が一致し、ようやく帝は臣籍降下を決意するのだが、用心深いというかなかなか決心がつかなかったというか、ここに源氏の処遇の揺れを読み取っておきたい。逆に三種の予言が保証するのだから、源氏の将来はもはや確定したも同然であろう。後はどのようにしてそこまでたどりつくのかということに興味が移る。

「外戚」（母方の親戚）とは底本では「ぐわいせき」と訓んでいるが、本来は「げしゃく」と訓むのが正しいようである（原田芳起氏「外戚（桐壺）」『平安時代文学語彙の研究続篇』風間書房参照）。その対照語が「内戚」（父方の親戚）であり、「内戚にも外戚にも」（『宇津保物語』初秋巻）という用例がある。まして更衣腹の皇子であり、後見すべき祖父も母も不在とすれば、臣籍降下はむしろ必然の帰結であったろう。もちろん生きることだけを考えれば、無品親王であっても不都合はあるまい。とすると臣籍降下は、ある種の積極策であることになる。

そもそも光源氏には帝王の相があるのだが、そうなった時の乱憂の可能性を恐れて「ただ人」にされるのである。しかし桐壺帝の即位をめぐっても、相当の乱憂があったのではなかったか。彼自身、紆余曲折し乱憂を乗り越えて帝位を獲得したのなら、我が子にも同様の道を辿らせてもかまわないはずである。そう考えると桐壺帝の選択は、必ずしも乱憂を恐れてのことではないことになる。源氏即位の道は、最初から閉ざされているのだ。それにもかかわらず、それを帝の究極の判断として決定させている点に、潜在的な源氏の主人公性が存するわけである。

なお桐壺院の遺戒に「かならず世の中たもつべき相ある人なり。さるによりて、わづらはしさに、親王にもなさず、ただ人にて、朝廷の御後見をせさせむと思ひたまへしなり」（賢木巻157頁）とあるのは、この部分を受けてのことであろう。ただし光源氏に帝王相があることは、意図的に秘されている。むしろ桐壺院こそが、源氏の未来を方向づけているのではないだろうか。

50章　臣籍降下

きはことにかしこくて、たた人にはいとあたらしけれど、みことなりたまひなば、世のうたがひおひ給ぬべくものし給へば、すくえうのかしこきみちの人にかんがへさせ給にも、おなじさまに申せば、源氏《げんじ》になしたてまつるべくおぼしをきてたり。

【鑑賞50】　この「みこ」は親王の意味であるが、皇子・御子も「みこ」と読む（両者を区別するために御子を「おほんこ」と訓むこともある）。法律では、天皇の皇子及び弟はすべて親王であった。だから源氏が誕生後「みこ」とか「みや」と呼ばれていること、あるいは皇位継承問題が浮上していることから、なんとなく源氏は既に親王の資格を得ているような錯覚を抱かされていた。そして親王から臣籍に降下されるように誤読していた。ひょっとするとそこが作者の狙いかもしれない。しかし「みこ」や「みや」は必ずしも親王ではなかったのだ。

史実では、嵯峨天皇の時代に賜姓源氏の制度が始まった。また淳仁天皇以後は法の改訂をしないまま、皇子でも親王宣下がなければ正式に親王となれないことにした。その頃は天皇の皇子が非常に多く、そうでもしなければ皇室の財政がパンクするからである。敦成親王（後一条天皇）の場合など生後一ヶ月で親王になっており、その喜びの程が知られる。源氏の場合は第二皇子であるから、皇子が多すぎるために臣籍に降下されるのではない（一般には更衣腹の皇子が臣籍に下る）。しかし帝の妙に明解な決意によって、源氏は皇族の身分を捨て、源姓を賜わって臣下に位置付けられることになる。ただし、かつて宇多天皇は一度臣籍に降下したにもかかわらず、後に親王に復帰し即位しているのだから、これで源氏即位の可能性が完全に消失したわけではあるまい。

肝心の源氏の臣籍降下の記事は、ついに物語に描かれなかったけれども、主人公が**賜姓源氏**となったことによって、真に源氏の物語が始動することになる。なお「宿曜」とはインド仏教の占星暦術のことで、天台僧によって日本に伝えられ、平安中期以降は陰陽道と対立するほど盛んになっていた。

51章　四の宮

年月《とし》にそへて、みやす所《どころ》（更衣）の御ことをおぼしわするるおりなし。なぐさむやとさるべき人々《びと》をまいらせ給へど、なずらひにおぼさるるだにいとかたき世かなと、うとましうのみよろづにおぼしなりぬるに、先帝《せんていだい》の」（20ウ）四の宮（藤壺）の御かたちすぐれ給へるきこえたかくおはします。

【鑑賞51】　帝は更衣の菩提を弔い、しばらくは他の女性を遠ざけていた（一九章）が、ここで一転して、積極的に更衣の代償を求め続けた。結局更衣が死んだからといって、帝の寵愛は他の女御・更衣には移らなかったのである。

桐壺巻の冒頭（一章）において、後宮には既に「あまた」の女御・更衣がいたと書かれていたが、「あまた」と言ってもさほど多い数ではなかった（女御の定員は四名）。むしろこの時点で後宮の人員が急増し、ようやく「あまた」が多数を意味することになる。桐壺帝の後宮人員に関しては、物語の中では藤壺以外に十二名の存在が確認されている（二〇章参照）。しかも一度入内したら、たとえ帝の心が慰まないからといって、そう簡単に追い出すわけにもいくまいから、これで後宮も随分賑やかになったろう。ただしこの時点で女御となるべき家柄の女性は不在のはずであるから、更衣ばかりが増えることになる。そうして遂に桐壺更衣に似た女性として、新たに先帝の第四皇女藤壺が登場するのである。

なお先帝（せんだい・せんてい）という用例は「初の日は先帝の御料」（賢木巻184頁）・「藤壺と聞こえしは、先帝の源氏にぞおはしましける」（若菜上巻11頁）に見られるが、全て藤壺の父帝のことであった。これについては譲位せずに在位中に崩御された帝、あるいは譲位直後に院号も定まらぬうちに崩御された帝を指すという説がある（原田芳起氏「「先帝」名義弁証付「先坊」」『平安時代文学語彙の研究続篇』風間書房参照）。そうするとモデルとして光孝天皇が浮上してくる。しかし用例からは前帝のみならず、数代前の帝を指す場合もあるので、必ずしも意味を限定できない。そのため一院との先後関係や血縁関係等の想定が困難になっている。即位の順序も一院→先帝→桐壺帝なのか、先帝→一院→桐壺帝なのか決め手がない。大方の見方は一院を先にしており、原田氏など次のようなケースを想定しておられる。

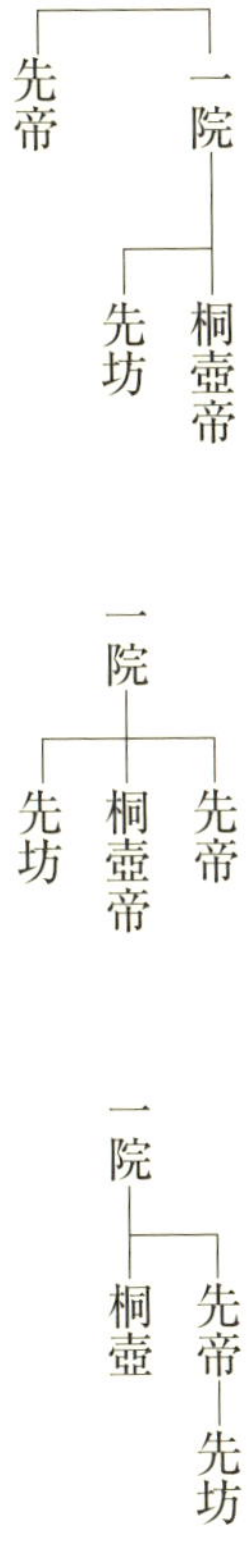

それに対して清水好子氏は、光孝天皇の系図との関連を重視され、

先帝——一院——桐壺帝

といったつながりを考えておられる（「天皇家の系図と準拠」『源氏物語の文体と方法』東京大学出版会参照）。問題の一院は紅葉賀巻に生存しており、賀宴を受けている人物である。単純に考えれば、先帝→一院の方が良さそうにも思われるが、一院→先帝でも不可能ではない。むしろ先帝の急逝に意味を持たせれば、そこに皇位継承事件も想定可能となり、読みとしては一層面白くなる。

52章　典侍

ははぎさきよになくかしづききこえ給ふを、うへにさふらふ内侍《ないし》のすけは、先帝《せんてい》の御時の人にて、かの宮にもしたしうまいりなれたりければ、いはけなくおはしましし時よりみたてまつり、いまもほのみたてまつりて、うせ給にしみやす所《どころ》（更衣）の御かたちにに給へる人を、三代《みよ》《さんだい》のみやづかへにつたはりぬるに、えみたてまつりつけぬに、きさいの宮のひめ君《ぎみ》（藤壺）こそ、いとようおぼえておひいでさせ給へりけれ。ありがたきかたち人《びと》になんとそうしけるに、（御門心）まことにやと御《み》こころとまりて、ねんごろに」（21オ）きこえさせ給けり。

【鑑賞52】「母后」という表現に注意したい。先帝の后が今も后と称されているのは、昔后だったからというのではなく、御代が移った今も后の資格を有しているからである。后には三后といって、皇后・皇太后・太皇太后の三名がいた。皇后は天皇の嫡妻、皇太后は天皇の母で后位にあった人、太皇太后は天皇の祖母で后位にあった人を言う。しかし皇位そのものが嫡男に継承されない場合も少なくないので、必ずしも天皇の母・祖母でもなかった。また実際は后位になかった人もいる。桐壺帝以前の帝としては、一院と先帝の存在が確認できるが、その系譜は未詳である。兄弟かもしれないし別系統かもしれない（五一章参照）。またこの母后は皇后であろうか皇太后であろうか。とにかく母后が亡くなったことにより、后のポストが一つ空席になったはずである。しかしながら桐壺帝は后を立てようとはせず、紅葉賀巻で藤壺が立后するまで、実に二十年間も后不在期間が続いていた。

またここに登場する典侍はちょっと曲者である。まず三代の天皇に仕えている点に注目したい。ここで言う三代とは、今の桐壺帝と先帝と一院の三代であろうか（あるいは漠然と長年という意味かもしれないが）。普通の宮仕えであれば、御代が替わる時に天皇に従って宮中を退出するのであるが、こういった女官達は宮廷の内実に詳しい国家公務員として、天皇にではなく国家に仕えているのであろう。典侍の定員は四名であり、野分の典侍（二三章）・この典侍・そして後に源典侍が登場する。典侍には天皇の信頼できる人物（多くは乳母）を任命する場合が多いけれども、この典侍は決して桐壺帝の乳母ではあるまい。むしろ先帝の側にたって、入内を推進しているのかもしれない。

この先帝についてだが、藤壺や兵部卿宮の年齢、さらには異腹の妹宮（藤壺女御）が朱雀帝の東宮時代に入内していることから察すると、その父たる先帝は桐壺帝とそれ程年齢差がないことになる（異母兄？）。また今まで見落とされてきたようだが、先帝の一族が桐壺帝一族と網羅的に姻戚関係を結んでいることも留意しておきたい（系図参照）。没落した先帝の血を復活させようとしたのかもしれないが、ひょっとすると天皇親政をめざして藤原氏の女御を拒絶しようとしているのかもしれない。そういった意図とは全く別の次元で、源氏は「紫のゆかり」を求め続ける。しかし皮肉なことに源氏とのかかわりによって、先帝の血筋は途絶してしまう。また物の怪が先帝の家系に祟っているとの説もあり（浅尾広良氏「六条御息所と先帝―物の怪を視座とした源氏物語の構造―」中古文学35・昭和60年5月参照）、これについてはもう少し見極める努力を続けたい。

もちろん一条天皇と三条天皇のように年齢が逆転している場合もあるので、両帝の年齢が接近していても不思議ではないのかもしれない。あるいは病気などにより、先帝の在位期間は案外短かったのであろうか。少なくとも桐壺帝即位の折、先帝の第一皇子にも東宮になる可能性はあったわけだから、その時はどうなっていたのであろうか（兵部卿は藤壺より十歳、源氏より十五歳も年長）。ひょっとすると先帝の第一皇子は兵部卿宮ではなく、まさに故前坊であり、立派に皇太子になっていたと読むべきであろうか。あるいは先帝は急死（含む他殺）したか、花山帝のように突然出家し、そのため我が子を立太子できなかったのかもしれない。ただし藤壺女御の存在を重視すれば、それ程早死にしていたわけでもなかろう。いずれにせよ先帝という語には、何か秘められているようなニュアンスがある。

なお先帝に関する論文は、拙著『源氏物語研究ハンドブック2』（翰林書房）所収の「〈前坊・先帝関係研究文献目録〉」を参照して頂きたい。

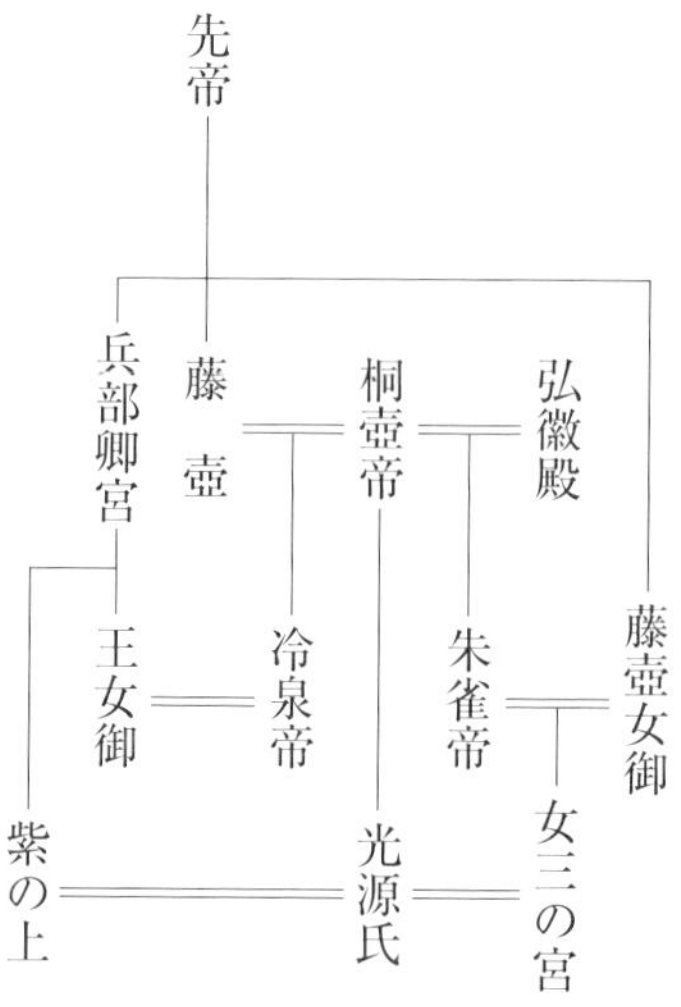

ところで「覚ゆ」は多義語であるが、ここでは似ている意であろう。四の宮が桐壺更衣にたいそう似ているというのだが、これはやや注意を要する。というのも、二人には身分差がありすぎるからである。后腹の内親王たるものが、一介の更衣に似ているとされるのは、ある意味では侮辱ではないだろうか。これなど美とか愛とかで片付けられる問題ではあるまい。

53章　母后

ははぎさきのあなおそろしや、春宮《とうぐう》の女御《ねうご》のいとさがなくて、きりつぼの更衣《かふい》のあらはにはかなくもてなされしためしもゆゆしうとおぼしつつみて、すかすかしうもおぼしたたざりけるほどに、きさきもうせ給ぬ。

【鑑賞53】　東宮の女御は東宮の母女御であり、帝の妻であるよりも東宮の母であることを強調した呼称であろう。次期天皇の母であることとは、単なる弘徽殿女御よりも具体的な権力の象徴であった（四一章参照）。この呼称によって彼女は、桐壺帝の後宮で最も尊重される資格を手にしたのだ。しかしそれも束の間、帝の寵愛は藤壺に独占されてしまう。藤壺が桐壺に似ていれば似ているだけ、同じような問題が再発することになるわけである。

ここでは后の発言力が強いことに注目したい。それは一条天皇における生母詮子（東三条院）の例を見れば明白であろう。母后はなんと帝の要請さえも拒否しているのである。そのため物語は、邪魔者たるその后を抹殺してまでも、藤壺入内を具現する。おそらく後見人たる兄兵部卿の進言もあって、ようやく藤壺の入内が可能となった（内親王の降嫁には何かしら没落のイメージが付きまとう）。

しかし物語が、藤壺入内の方向で展開しているとすれば、この母后の抵抗などほとんど意味を持たず、わずかばかり入内の時期が延引されただけになる。そのためだけに母后が登場しているのではないとすると、何か別の存在意義があるはずだ。思うにこの母后の言葉は、外部から桐壺更衣の死を語った証言として重要である。やはり更衣の死には、弘徽殿が絡んでいると見られていたのである。少なくとも藤壺はそのように理解していたであろう。

これに関して非常に興味深い話が、『栄花物語』巻七鳥辺野の長保四年（一〇〇二年）記事に見られる。

あはれなる世にいかがしけん、八月廿余日に聞けば、淑景舎女御うせ給ぬとののしる。「あないみじ。こはいかなる事にか。さる事もよにあらじ。日頃悩み給とも聞えざりつるものを」などおぼつかながる人々多かるに、「まことなりけり。御鼻口より血あえさせ給て、ただ俄にうせ給へるなり」といふ。〈中略〉これを世の人も口安からぬものなりければ、宣耀殿いみじかりつる御心地はおこたり給ひて、かく思ひがけぬ御有様をば、「宣耀殿ただにもあらず奉らせ給へりければ、かくならせ給ひぬる」とのみ聞きにくきまで申せど、「御みづからはとかくおぼし寄らせ給べきにもあらず。少納言の乳母などやいかがありけん」など人々いふ。

（日本古典文学大系『栄花物語上巻』235頁）

これによれば道隆の娘原子（定子の妹）が、桐壺更衣と同じように横死（服毒死）しているのである。この原子頓死の記事は『権記』長保四年八月三日条に「昏ニ臨ミ為文朝臣来告グ、淑景舎君東三条東対御曹司ニ於テ頓滅云々、聞ニ悲キコト極リ無シ」と見え、また『小右記目録』長保四年八月四日条にも「故関白道隆娘東三条ニ於テ頓滅ノ事」と出ている。もちろん原子の場合は中関白家の娘であり最高の家柄なのだが、既に父は長徳元年（九九五年）に亡くなっており、その意味では更衣同様落ち目になっていた（『本朝世紀』長保四年八月十四日条には「更衣藤原原子（淑景舎）今月三日頓滅」とあり、なんと更衣になっている）。一方相手も弘徽殿ならぬ宣耀殿（娍子―大納言藤原済時娘）であり、しかも両者の出自（父の官職）が逆転しているけれども、彼女は第一皇子（敦明親王）の母であり、後に三条帝后となっている点でやはり無視できないのではないだろうか。

もっとも原子は一条天皇の後宮ではなく、その東宮（三条天皇）の女御であった。そのため一条天皇の女御たちが、既に梅壺（定子）・弘徽殿（義子）・承香殿（元子）を占めていた（後に彰子（藤壺）が入内する）。それを勘案すれば、桐壺という場所の意味はそれ程マイナスではないかもしれない。しかしその時の東宮の女御を調べてみると、宣耀殿（娍子）・麗景殿（綏子―源頼定と密通）等がおり、道隆娘の入内先としてはやはり似つかわしくないかもしれない。あるいは先述（九章）の直廬と関係するのであろうか。

原子頓死をめぐる三面記事が、桐壺更衣像に大きな影を落としていることは間違いあるまい。それは『源氏物語』が『栄花物語』を引用しているというのではなく、この事件を含めて中関白家の没落そのものが、まだ人々の脳裏から忘れ去られていない時期であったからである。現在までに桐壺更衣のモデルとして、この淑景舎（原子女御）を想定した論を見ないが、当時の人々は楊貴妃や仁明天皇女御藤原沢子以上に、桐壺という特殊用語を通してこの原子を連想しえたのではないだろうか。なお大胆なことを言えば、桐壺更衣は故前坊に入内する予定であったという見方も可能かもしれない。もちろん桐壺帝の東宮時代に入内したと考えてもかまわない（四六章参照）。

ここであえて母后が弘徽殿に対して懸念を発露していることは、決してそれだけでは済まない。この発言は必然的に娘である藤壺の耳にも聞こえているはずだからである。母后の死によって否応無く入内させられる藤壺にとって、この言葉は言わば母の遺言でもあり、後宮における抗争を自覚させられることになる。藤壺は一見無邪気な内親王のようでありながら、その実弘徽殿という脅威の存在と戦う心構えが既にできていたのではないだろうか（三田村雅子氏「語りとテクスト」国文学36―10・平成3年9月参照）。

54章　入　内

心ぼそきさまにておはしますに、（御門）ただわが女《をんな》みこたちとおなじつらに思ひ聞えんと、いとねんごろにきこ

えさせたまふ。さふらふ人々《びと》、御うしろみたち、御せうとの兵部卿《ひやうぶきやう》のみこなど、かく心ぼそくておはしまさんよりは、うちずみをせさせ給て、御心《み》もなくさむべくおぼしなりて、まいらせたてまつり給へり。

【鑑賞54】　藤壺入内は表面上は妃としてではなく、あくまで養女として進められる（この時十四、五歳位）。だがそれは体裁であり、誰も本当の養女だなどとは信じていまい。この枠組みは、まさしく源氏と紫の上の場合と同じであった。兄の兵部卿親王は、先帝の后腹の親王でありながら、東宮になれなかった悲劇の人物である。ここで妹の入内に賛成するのは、必ずしも妹が心細い様子でいるからなのではなく、むしろ自らの政治的立場を強める意図によると考えられる。たとえ帝の皇子と言えども、今や妹の入内でも利用しなければ、古親王として取り残されてしまうに違いない。ここでもし運良く帝の寵愛を受け、皇子が誕生し、次期皇太子にでもなれば、兵部卿は外戚として政権を獲得できるかもしれない。彼にしてみれば、妹の入内は人生最大の**博打**であった。

幸いその予想は的中し、冷泉帝が誕生することになる。その後兵部卿宮は定石通りに娘（王女御）を入内させ、外戚関係を築き上げる。しかし皮肉なことに、政権はそっくり光源氏の手に渡ってしまう。摂関体制から見れば、皇族が政権を担当することはもはや不可能であり、「御母方、みな親王たちにて、源氏の公事知りたまふ筋ならねば」（紅葉賀巻75頁）とあるごとく、親王であるが故に対象から除外されたのである。この兵部卿といい、螢兵部卿・匂兵部卿も含めて、『源氏物語』において兵部卿宮は決して第一皇子ではなく、もし第一皇子に何かがあった時のための保険（控え）であり、東宮候補ではあるものの、最終的に東宮になり損なった人に与えられる悲劇の官職と考えられるようである（吉海「兵部卿宮」『人物で読む源氏物語④藤壺の宮』（勉誠出版）参照）。

55章　藤　壺

ふぢ」（21ウ）つぼときこゆ。げに御かたちありさまあやしきまでぞおぼえ給へる。これは人の御きはまさりて、思ひなしめでたく、人もえおとしめ聞《きこ》え給はねば、うけばりてあかぬ事なし。かれ（更衣ノ事）は人もゆるしきこえざりしに、御《み》心ざしあやにくなりしぞかし。（御門心）おぼしまぎるるとはなけれど、をのづから御《み》心うつろひて、こよなくおぼしなぐさむやうなるもあはれなるわざなりけり。

【鑑賞55】　こうして先帝の内親王が後宮（飛香舎）に入内し、藤壺と称されることになる。ただし一般に内親王は入内しても女御とはならず、令制で定められた「妃」となるらしい。藤壺も物語中で女御と呼ばれたことは一度もない。『後宮職員令』によれば、妃二員（右四品以上）・夫人三員（右三位以上）・嬪四員（右五位以上）となっており、妃が皇女に限られていることがわかる。その藤壺のモデルは醍醐天皇妃為子内親王であり、弘徽殿のモデルは穏子と考えられる。なお後宮全般に関しては、須田春子氏『平安時代後宮及び女司の研究』（千代田書房・昭和57年5月）が参考になる。それにしてもよく今まで藤壺が空いていたものだと、つい余計な心配をしてみたくなる。いかにも藤壺用に最初から押えてあったような感じだからである。もちろん藤壺が皇族出身者に継承されていたとすると、逆に桐壺帝が皇族からの入内を今まで拒否していたことにもなるわけである。

　ここで帝の寵愛が、故桐壺更衣から藤壺へとバトンタッチされる。しかし後宮の秩序を乱すことから言えば、藤壺といえども排除の対象外ではなかった。要するに第二の更衣が登場したことになる。しかし藤壺は身分も高いし、兄兵部卿宮も生存しているので、後宮の女性達も簡単には手が出せないわけで、更衣の場合よりもなおさら始末が悪い。

ところでこの「まさりて」は、一体誰より優っているのであろうか。大方の注釈書は「これ・かれ」が対比されていることから、桐壺更衣より優っているとしている。しかし桐壺更衣と藤壺の身分差ではあまりにも当り前すぎないだろうか。この場合、弘徽殿とした方が妃と女御の対比となって面白いのではないだろうか。続く「うけばりて」は、誰はばかることなく自由に振る舞う意である。北山谿太氏はこの主語を桐壺帝と見ておられる（『源氏物語の新研究桐壺篇』武蔵野書院）が、他の注釈書ではほとんど藤壺としており、その方が良さそうである。これで藤壺は望み通り、後宮における絶対的な地位を獲得したことになるからである。これなど藤壺の人物像を再考する一資料になりうるのではないだろうか。

桐壺帝は容貌の酷似した藤壺を得て、それでようやく「こよなくおぼし慰む」のであった（別本系の陽明本では「おぼしうつるとはなけれどをのづからまぎれて」とある）。しかし桐壺更衣との類似点は唯一容貌だけであって、その他の全て—家柄・血筋・年齢・性格等々—は相違しているはずである。高貴な藤壺は決して「らうたき」女性ではなかった。ましてあれから五年以上（？）経過しており、帝自身も人間的にかなり成長したに違いない。それでもかつて更衣に注いだ情熱を、この若い藤壺に同じように注げるだろうか。その答えは否である。かつては盲目的であり、源氏の存在すらも添え物でしかなかったのに、今では常に源氏の存在を意識しているからである。後宮の秩序も大きくは乱れておらず、その点繰り返しを避けたのかもしれないが、桐壺更衣程には藤壺は寵愛されなかったとも読める。

穿った見方をすれば、帝は弘徽殿（右大臣側）への**復讐**として、藤壺を入内させたのではないだろうか。高橋和夫氏もこの入内を、後宮における弘徽殿の独走を抑えるためと考えておられる（「源氏物語の方法と表現―桐壺巻を例として―」国語と国文学68―11・平成3年11月）。源氏と左大臣との縁組も、まさに右大臣への当て付けであろう。ここに至って連合政権は崩壊し、桐壺帝と左大臣一派と、東宮を擁する右大臣一派の政権抗争が開始されたと読みたい。ひょっとすると帝は、左大臣への接近により右大臣と争わせ、両者の力を減少させようとしているのかもしれない。そうだとするとバランス感覚に長けた賢帝ということになる。

それ故に帝と藤壺の間に、心の隔てを想定することも可能なのである。その証拠になるかどうかわからないが、帝と藤壺の間に和歌の贈答は一度もなされていない。そういった心の間隙を縫って、源氏と藤壺の密通が生じるのである。それは若菜下巻において、源氏と女三の宮の心の溝が柏木との密通を可能ならしめている構図によって逆照射できるのではないだろうか。とにかくこれで帝の更衣思慕は一応の解決を見たのだが、続いてそれが源氏の亡き母追慕へと巧みに転換されていることに注意したい。

56章　代　償

源氏《げんじ》の君《きみ》は（御門ノ）御あたりさり給はぬを、ましてしげくわたらせ給御かたはえはぢあへ給はず。いづれの御かたもわれ人におとらんとおぼいたるやはある。とりどりにいとめでたけれど、（源氏）うちおとなび」（22オ）たまへるに、（藤壺）いとわかううつくしげにてせちにかくれ給へど、（源氏藤壺を）をのづからもりみたてまつる。（源氏）ははみやす所《どころ》はかげだにおぼえ給はぬを、いとように給へりと、内侍《ないし》のすけのきこえけるを、わかき御心《み》ちにいとあはれとおもひきこえ給て、つねにまいらまほしうなづさひみたてまつらばやとおぼえ給。

【鑑賞56】　ここで初めて「源氏の君」と呼称されることにより、これ以前の描かれざる部分において、臣籍降下が行われていたことを知る。皇子が源氏と呼ばれることは、ある意味では悲劇であるが、その痛みの中でいよいよ『源氏物語』が、源氏の物語として語られ始めたことも事実である。

帝が藤壺を寵愛すればする程、それに従って源氏も藤壺に行く機会が増えることになる。しかしそれによって弘徽殿へ通う回数が激減するはずだから、また後宮の雰囲気が険悪にならざるをえない。桐壺帝はまだ懲りないのだろうか。それとも意図的に弘徽殿に当てこすりをしているのだろうか。

ところで桐壺更衣と藤壺の類似は、典侍の証言によって保証されている。その言葉に踊らされて、源氏の思慕は次第に募っていく。それを「なづさひ」（馴れ親しむ）という語が如実に表明している。しかし源氏自身は藤壺の魅力にストレートにひかれているのではなく、父や典侍の言葉によって暗示にかけられている点には留意しておきたい。もっとも源氏が母更衣のことを記憶していないのは、単に三歳の時に死去したからだけではあるまい。むしろ源氏の養育に母がほとんど関与していないからではないだろうか（吉海『平安朝の乳母達』参照）。ここでは当時の貴族における母子関係の希薄さをこそ認識しておきたい。

57章　幼な心

うへ（御門）もかぎりなき御思ひどちにて、（御門詞）なうとみ給ひそ、あやしくよそへきこえつべき心ちなんする。なめしとおぼさでらうたうし給へ。つらつきまみなどはいとようにたりしゆへ、かよひてみえ給もにげなからずなんなど、聞えつげたまへれば、（源氏）おさなごこ」（22ウ）ちにも、はかなき花《はな》もみぢにつけても心ざしをみ

えたてまつり、こよなう心よせ聞えたまへれば、こきでんの女御、またこの宮（藤壺）とも御なかそばそばしきゆへ、うちそへてもとよりのにくさもたちいでて、物しとおぼしたり。

【鑑賞57】「似たり」とある点、本居宣長は「藤壺と源氏と似給ひてといへるはかなはず。にたりしのしは、いはゆる過去のしなれば、更衣の事ならではかなはず」（『源氏物語玉の小櫛』）と注している。もちろん更衣と源氏が似ており、また更衣と藤壺が似ていれば、必然的に源氏と藤壺も似通っていることになろう。桐壺帝はそこに**擬制的母子関係**を見ているわけである。源氏にとっても、亡き母桐壺更衣に似ていることが、藤壺への思慕を誘発するエネルギーとなる。

しかし両者の類似は源氏自身の判断ではなく、典侍と父帝の発言によるものであった。帝にしても藤壺は桐壺更衣のよすがであり、代償（形代）としてのみ存在する。不思議なことに藤壺にとって、そのことがほとんど問題視されておらず、後の紫のゆかりの構造とは一線を画している。藤壺にとって桐壺の代償であることは、彼女の精神性に何も影響を及ぼさないのであろうか。そんなことに気付かないような人間ではないはずである。美故に宿命的な密通へと誘われていくだけなら、藤壺自身の人間性は極めて乏しいことになろう。また源氏とのかかわりはどうなのであろうか。罪の意識とは別に、自らが形代であることをどのように受けとめているのか、深く分析しなければなるまい。

もっとも物語は藤壺を飾り物の人形の如く描いており、彼女の内面などほとんど吐露されていない。と言うよりも、愛しあう夫婦としての帝と藤壺は存在しておらず（両者の会話も和歌の贈答も皆無に近い）、そういった疑問に対する答えを模索することすら不可能に近い。

「はかなき花紅葉につけても」とある点、花が春の桜であり、紅葉が秋の紅葉であるなら、ここにさりげなく月日の経過が込められていることになる。源氏は時機に叶った贈り物によって、藤壺の心をひくのである。藤壺側としても後宮における強力な武器として、桐壺帝の寵児たる光源氏を我が方に手懐けておく必要があるはずだ。光源氏をかわいがることが、即ち帝の頻繁な訪れを促すことになるのだから。逆に弘徽殿において源氏の離反は、必然的に帝の訪れが遠ざかってしまうことを意味する。それは弘徽殿に対する裏切り行為であり、再び後宮に緊張感がみなぎることにならざるをえない。しかも「そばそばし」という語によって、さりげなく弘徽殿と藤壺との不和が提示されており、具体的な描写は見られないものの、既に両者の確執は深刻なものとなっているのであろう。

なおこの文章は、「幼心地に思ふことなきにしもあらねば、はかなき花紅葉につけても、雛遊びの追従をも、ねむごろにまつはれ歩きて、心ざしを見えきこえたまへば」（四少女巻106頁）のごとく、夕霧の雲井雁に対する思慕の描写に再利用されているようである。

58章　輝く日の宮

世にたぐひなしとみたてまつり給ひ、名《な》たかうおはする宮〈朱雀院〉の御かたちにも、なをにほはしさはたとへんかたなくうつくしげなるを、世のひとひかる君〈源氏〉と聞ゆ。ふぢつぼならび給て、御おぼえもとりどりなれば、かかやくひの宮〈藤壺〉と聞《きこ》ゆ。

【鑑賞58】　最初の部分、主語が誰なのかで問題が生じている。通説では桐壺帝が藤壺のことをと解釈しているが、底本や小学館全集本では、文脈の流れから弘徽殿が新東宮のことをと解釈しているからである。通説のように元服前の源氏が藤壺以上の超美貌を有すると見るのがいいのか、あるいは従来からの対立として兄東宮以上の源氏の器量とするのがいいのだろうか。いずれにせよ弘徽殿・東宮と、藤壺・源氏の対立構造としておさえておきたい。ここにおいて源氏は「光る君」と呼ばれ、藤壺は「かがやく日の宮」と称されている。主人公が光り輝くような美しさを有することは、いわば物語の伝統であり、その意味では源氏と藤壺に主人公性が付与されたことになる。それが普通の男女ではなく継母と継子である点、今後の展開に不安を抱かざるをえない。この「光」の呼称については、『河海抄』に「亭子院第四皇子敦慶親王、玉光宮ト号ス。好色無双之美人也。式部卿是忠親王始メテ源姓ヲ賜ヒ、源中納言ト号ス。源光、延喜元年右大臣ニ任ズ。日野系図といふ物に左大臣高明を光源氏と書」等のモデルが記してある。

また『栄花物語』において、彰子（上東門院）のことを「かがやく藤壺」と称している。もっとも彰子が入内したのは長保元年（九九九年）十一月一日であるが、その年の六月十四日に内裏は全焼しているので、彰子は里内裏（一条院）への入内であった。内裏新造は翌年の十月であり、当然入内時には正式な藤壺（飛香舎）等存在しない。あるいはこの桐壺巻の藤壺のイメージを、積極的に引用しているのかもしれない。とすれば弘徽殿は、この賛美の言葉をどのような思いで受け止めているだろうか。

なお、藤原定家の注釈書たる『奥入』によって、かつて「かがやく日の宮」という巻が存在したという論議がなされているが、残念ながら決定的な証拠に欠けるので、平安後期から鎌倉時代にかけては存在したかもしれないが、成立時点で存在したかどうかは未詳としか言えない。また「日」は単に「ひ」の変体仮名であり、むしろ「かがやく妃の宮」であるとする北山谿太説（「「かゞやく妃の宮」「人めきて」など」平安文学研究15・昭和29年6月）もある。この方が弘徽殿女御と対抗する際に身分的に有利かもしれない。ただし平安朝において、妃として入内した内親王が皇子を出産して后となり、またその皇子が立太子して即位したという史実は見当たらない。こういった史実と虚構の絡み合いこそ、『源氏物語』作者の最も苦心したところかもしれない。

59章　元服

このきみ（源氏）の御わらはすがたいとかへまうくおぼせど、十二にて御元服《げんぷく》し給。ゐたちおぼしいとなみて、かぎりある」（23オ）ことにことをそへさせ給ふ。ひととせの春宮《とうぐう》の御元服《げんぷく》、南殿《なんでん》（紫宸殿也）にてありしぎしきの、よそほしかりし御ひびきにをとらせ給はず、所々《ところどころ》の饗《きやう》など、くらづかさ、ごくさう院《ゐん》など、おほやけごとにつかうまつれる、をろそかなることもぞと、とりわきおほせごとありて、きよらをつくしてつかうまつれり。

おはします殿《てん》（清涼殿也）のひんがしのひさし、ひがしむきにいしたてて、くわんざの御座《ざ》、ひきいれの大臣《だいじん》の御座御前《ごぜん》にあり。

【鑑賞59】源氏と藤壺が再設定された直後、待ってましたとばかりに源氏の元服が描かれる。『伊勢物語』初段に初冠が語られているように、源氏も元服を通過することによって、ようやく具体的に恋愛可能な一人前の成人男性（物語の主人公）となる。逆に言えば、源氏の元服以前に既に藤壺を登場させているところに、帝ならぬ源氏の問題としての藤壺の存在があるのだろう。少年期から青年期（思春期）への移行・過渡期的段階における理想女性として、藤壺の問題は単に美しいとか母に似ているというだけではなく、それを受けとめる源氏側の状況の変化にも潜んでいたのである。

ここでまたも「限り」という語が用いられている。物語の主人公とはいえ、一世の源氏の元服には、やはりそれに応じたしきたりがあるのだ。いくら東宮の儀式に対抗して盛大に催しても、会場からして格の違いが存する。東宮の元服は「南殿」つまり紫宸殿で行われるのに対して、臣下たる源氏の元服は清涼殿で行われるからである。描写に惑わされることなく、その差異をはっきり認識しておきたい。それにもかかわらず帝は「ことをそへ」て、東宮の元服の儀式に「劣らせ」ないように、内蔵司や穀倉院といった公費を使ってまで盛大にやらせているのである。それは三歳の袴着の折（一一章）と同様のことであった。なお光源氏の四十賀宴にも「所どころの饗なども、内蔵寮、穀倉院より仕うまつらせたまへり」（若菜上巻77頁）とあり、描写がここと似通っている。ある種の常套表現であろうか。皮肉なことに清涼殿の東廂は、なんと弘徽殿に最も近い場所であった。弘徽殿の人々はいやでもその儀式の盛大さを見せつけられるわけである。

なお「いし」とは今日の椅子のことである。椅子というと西洋風の感じがするが、これは中国流であり、天皇はこの時腰掛けに着座するのである。

60章　髪上げ

さるの時にて源氏《げんじ》まいり給。みづらゆひ給へるつらつきかほのにほひ、さまかへ給はんことおしげなり。大蔵卿《おほくらきやう》くら人つかうまつる。いときよら」（23ウ）なる御ぐしを、そぐほど心ぐるしげなるを、うへ（御門心）はみやす所《どころ》の（更衣）みましかばとおぼしいづるにたへがたきを、心づよくねんじかへさせ給ふ。

（源氏）かうふりし給て、御やすみ所《どころ》にまかで給て、御ぞたてまつりかへて、はいしたてまつり給さまに、みな人なみだおとし給。」（24オ）〈絵5〉みかどはた、ましてえしのびあへ給はず。おぼしまぎるるおりもありつるを、むかしのこととりかへしかなしくおぼさる。

いとかうきびはなるほどは、あげをとりやとうたがはしくおぼされつるを、あさましううつくしげさそひ給へり。

【鑑賞60】　申の時（午後三時から五時まで）とあるから、この儀式は夕方に行われていることがわかる。そのまま夜の宴会になるのであろう。「大蔵卿くら人つかうまつる」に関しては、「蔵人」か「髪人」かあるいは「髪上げ」かで諸説別れている。康保二年（九六五年）八月二十七日に行われた為平親王（村上天皇皇子）の元服に際して、「加冠大納言高明、理髪蔵人頭延光朝臣」（『日本紀略』同日条）とある点や、三条院の二・三宮の理髪を奉仕した公信と朝経がともに蔵人頭であり、しかも朝経は大蔵卿を兼任していた点を参考にすると、大蔵卿が蔵人頭を兼務していたと思われる。その兼職は「蔵人頭大蔵卿正光」（『御堂関白記』長保元年十一月二日条）等とあり、決して不都合ではなかった。また理髪の役は、多くの場合蔵人ならぬ蔵人頭が努めており（中納言が勤めた例も少なくない）、蔵人頭が髪人（理髪）の役を奉仕するのが例なのであろう。ただし大蔵卿を兼ねた蔵人頭が理髪の役を奉仕した先例は他に見当たらない。いずれにしても、ここでは大蔵卿が髪そぎの役目を務めていることに変わりはない。とするとこの大蔵卿も反右大臣一派なのではないだろうか。

藤壺入内によって「おぼし慰」んだ帝であったが（五五章）、光源氏の元服が契機となって、再び桐壺更衣のことが脳裏に浮かんできた。この時ばかりは藤壺の存在ももの役には立たなかったろう。

底本、単に「はいしたてまつり」とあるが、諸本の多くは「おりてはいしたてまつり」とある。この方がわかり

〈絵5　光源氏の元服〉

やすい。ついでながら源氏は、元服によって童姿から成人の姿に変るわけだが、それはなにも髪形だけではない。「御衣奉りかへて」とあるように、童の着物を脱いで大人の衣装を身に付けるのである。童の衣装は「童体の時は赤色の闕腋を着す」(『花鳥余情』)とあり赤の闕腋であった。それを「元服の時は源氏は無位の人也。衣服令に曰はく無位は黄袍也。西宮記にも黄衣と見えたり。元服の後は縫腋の黄袍を奉るべし」(『花鳥余情』)のごとく縫腋の黄袍に着替えるわけである。帝の心配をよそに、いよいよ美しさの増す元服姿であった。なお元服に関する儀式次第は、『西宮記』巻二一「親王元服」「一世源氏元服」に詳しい。また『御堂関白記』寛弘七年(一〇一〇年)七月十七日条の敦康親王の元服等も見逃せない。

六一章　左大臣

ひきいれの大臣《だいじん》のみこばらに、ただひとりかしづき給御むすめ(葵上)、春宮《とうぐう》よりも御《み》けしきあるを、おぼしわづらふことありけるは、この君《きみ》(源氏)にたてまつらんの御《み》心なりけり。内(御門)にも御けしきたまはらせ給ければ、さらばこのおりの御うしろみなかめるを、そひぶしにもともよほさせ給ければ、(左大臣)さおぼしたり。さふらひにまかで給て、人々《びと》おほみき」(25オ)などまいるほど、みこたちの御座《ざ》のすゑに、源氏《げんじ》つき給へり、おとど(左大臣)けしきばみ聞え給ことあれど、もののつつましきほどにて、ともかくもあへしらひきこえ給はず。

【鑑賞61】　この元服の儀式に、初めて左大臣が登場するのだが、左大臣の存在はどうも今まで意識的に伏せられてきたとしか思えない。右大臣の存在があって、その上席たる左大臣が登場しないのは、どう考えても不自然だからである。おそらく弘徽殿と桐壺更衣の対立の構図を強調するために、意図的に描かれなかったのであろう。もっとも桐壺巻始発時点で、この左大臣が既にその職にあったという証拠はない。あるいは別の左大臣（前坊を擁立する六条御息所の父大臣？）が退職した後、右大臣が左へ移らず、若き左大臣が右大臣を超えて昇格したのかもしれない。

もちろんそれだけでなく、描かれなかったことにより、かえって何か隠された過去（**前史**）を想定してみたくなる。ひょっとすると故大納言一族の没落も、左大臣一派の隆盛に起因するのかもしれない。つまり本来は源氏一族とは敵対関係にあったかもしれないのだ。源氏の後見人が欠落したことによって、ようやく左大臣との関係が持ち出されているのも奇妙ではないだろうか。いずれにせよ帝と左大臣との異常なまでの親密さには、どことなく胡散臭さが付きまとっている。

そしてここに葵の上という女性が、源氏の添伏しとして新たに登場する。本来添臥しとは、皇太子元服の夜に公卿の娘等を参入させるものであり、「三条院の東宮にて御元服せさせたまふ夜の御そひぶしに参らせたまひて」（『大鏡』兼家伝）・「やがて御副臥にとおぼし掟てさせ給ひて」（『栄花物語』様々の喜び巻）等の用例がある。ここでは皇太子ならぬ源氏である点、しかも参入ならぬ招婿である点に問題がある。普通に考えれば単なる婿取りでしかないのだが、弘徽殿の述懐にも「致仕の大臣も、またなくかしづく一つ女を、兄の坊にておはするには奉らで、弟の源氏にていときなきが元服の添臥にとりわき」（二賢木巻199頁）とあるので、やはり世間もそう見ていたのであろう。あるいはそこに潜在王権どころか、光源氏の存在の重要性（危険性）が顕在化しているとも読める。

しかしながら、皇太子の花嫁（将来の后）候補ナンバーワンの葵の上としては、おそらく源氏との結婚によってひどくプライドを傷つけられたに違いない。本人は幼少の頃から入内を目標に養育されてきたはずである。また葵の上付きの乳母や女房達も、自らの将来をも考え、むしろ東宮入内をこそ望んでいたに違いないからである。しかし源氏との結婚によって、左大臣家の女房は宮廷に出仕するチャンスを失ってしまったのだ。当然その不満の声が、葵の上の耳にも聞えていたであろう。つまり源氏と葵の上という取り合わせは、世間の誰もが納得し祝福する理想のカップルでは決してなかったのだ。左大臣にしても、純粋に源氏を婿に切望したというのではあるまい。そんな単純なロマンチックな縁談ではなく、明らかに帝と左大臣の密談によって成立した一種の政略結婚なのである。左大臣にすれば源氏を取り込むことで、新興の右大臣一派の勢力を凌ぐわけだし、帝にしても勢力のある源氏の後見がほしいわけである。もっとも葵の上を東宮に入内させ、うまく皇子を誕生させさえすれば、いずれ外戚として政権を奪い返すことも可能なはずである。現実問題として源氏との結婚からは、それ以上のメリットが生じるとは思われないのだから、氏の長者たる者の選ぶ道は自明であろう。それにもかかわらず左大臣は、敢えて桐壺帝との提携（没落への道）を選択しているのである。女三の宮の結婚において源氏を選択した朱雀院が「錯誤の人」と称されているが、それならこの左大臣も同じく**「錯誤の人」**ではないだろうか。

もう一つの選択としては、桐壺帝への入内の道も開かれていたはずである。帝との年齢的な開きとか、葵の上が若すぎるという欠点はあるものの、それなら藤壺も同様のことが言えるだろう。右大臣家出身の弘徽殿と互角以上に張り合えるのは、左大臣の娘が最適なはずである。道長も彰子の成長を待ちに待って、十二歳になるとすぐ一条帝に入内させていた。藤壺腹の皇子が次期皇太子になるのだから、葵の上にもその可能性は十分に残されていたに違いない。結局葵の上の桐壺帝入内の可能性は、物語では全く閉ざされているのだが、それは既に藤壺入内が実現しているからであり、また源氏の物語であるからに他ならない。どうも左大臣家は代々後宮政策では失敗ばかりしているようである。

とにかく二人は愛ではなく利害によって結ばれたのであり、それが政治の道具として機能していることを明記しておきたい。もちろん密約として、将来源氏が親王に復帰する予定でもあれば、葵の上も源氏帝後宮における后候補となるのだが、その可能性は『源氏物語』である故に閉ざされざるをえない。なお葵の上という呼称は物語では一度も登場しておらず、『古系図』の中で葵巻の車争いをもとにそう呼ばれているのである。物語においては間接的に「大殿（の君）」と称されており、やはり常に左大臣の娘であることが意識されている。

62章 引入れ役

おまへより内侍宣旨《ないしせんじ》うけたまはりつたへて、おとどまいり給べきめしあれば、まいり給。御ろくのもの、うへの命婦《みやうぶ》とりてたまふ。しろきおほうちきに、御ぞひとくだりれいのことなり。御さかづきのつゐでに

（御門）〽いときなきはつもとゆひにながきよをちぎる心はむすびこめつや

御《み》こころばへありておどろかさせ給ふ。」（25ウ）

（左大臣）むすびつる心もふかきもとゆひにこきむらさきの色しあせずは

と、そうして、ながはしよりおりて、ぶたうし給ふ。

【鑑賞62】この内侍が誰なのか不明だが、単に内侍と言う場合は「掌侍《ないしのじょう》」を指すことが多いので、ここも典侍より一ランク下の掌侍であろう。また上の命婦も特定できないが、北の方への勅使となった靭負命婦とは別人であろうか。

特別に左大臣が呼ばれたのは、引き入れの大役を立派に勤めた禄を賜うためである。大袿とは下賜用のサイズの大きな袿であり、着用する時には仕立て直さなければならない（あるいは夜具・交換品として流用するか）。これに類似した語として「小袿」があるが、本来はサイズの小さな袿ではなく、表着として着用するものなので、全く別物である。しかし大小という言葉の対照から、いつしか「小袿」の意味が崩れてしまう。

ところで帝が詠みかけた歌は長き世を契ることであり、葵の上との婚儀によって、源氏の後見をよろしく頼むという親心であった。それに対して左大臣は、源氏の愛情さえ変わらなければと答える。めでたい婚儀を前にして、やや不吉な物言いであるが、図らずもその不安は的中し、源氏と葵の上の不仲が続くことになる。なお類歌として「結ひそむる初もとゆひのこむらさき衣の色にうつれとぞ思ふ」（『拾遺集』二七二番）をあげておきたい。

63章　禄

ひだりのつかさの御むま、くら人どころのたかすへてたまはりたまふ。みはしのもとに、みこたちかんだちめつらねて、ろくどもしなじなにたまはり給ふ。その日の御まへのおりひつもの、こ物など、右大弁《うだいべん》なん、うけたまはりてつかうまつらせける。とんじき、ろくのからひつどもなと、ところせきまで、春宮《とうぐう》（朱雀院）の御元服《げんぷく》のおりにもかずまされり。中々かぎりもなくいかめしうなん。

【鑑賞63】　源氏の元服は、帝と左大臣の結託といった政治性を内包して、ここでまたしても東宮との比較がなされる。しかも今度はおそらく左大臣家のバックアップもあって、なんと東宮以上の禄が用意されているのである。

これでは右大臣側は承知すまい。というよりも、この場に右大臣一派は誰も出席していないのではないだろうか。一見宮廷をあげての行事のごとくに描かれてはいるけれども、既に臣籍降下した一介の源氏の元服であるから、実はむしろ**私的な行事**と見た方が適当かもしれない。逆に考えれば、今日ここに集っている人々こそが左大臣一派であり、この事件によって両者の対立が決定的になったと読むことができる。

源氏側の人物としては、例によって右大弁が後見人として奉仕している。これが高麗人の相以来の右大弁（四六章）だとすると、今まで官位の昇進がなかったことになり（正四位にはなっているかもしれないが、まだ参議にはなっていないらしい）、エリートコースを辿っているのではなさそうである。こうして源氏の後見を引き受けているのだから、左大臣からの覚えはともかく、近い将来右大臣の世になれば、彼も光源氏とともに沈むことであろう。

なお島津久基氏は、「元服の段が、桐壺一巻の中で最も筆の弛《だ》れてゐる所といふ感じがする。儀式そのものが既に行事的なのであらうが、文も型の如くといった気味がある。作者は斯ういふ事実の叙述はやはり得意でもなく、又余り自分では興味を有っていなゐらしい」（『対訳源氏物語講話一』）と述べておられる。確かにそういった一面も見られるが、その中に秘められた政治性や歴史離れも見逃してはなるまい。

ここに「親王達」が登場している点には留意しておきたい。一宮をはじめ有力なバックを有する親王は、ここに出席していないと思われるからである。この場に臨席している親王達は、おそらく桐壺帝の皇子ではなく、前帝以前の古親王ではないだろうか。だから現在は不遇な生活に甘んじている場合が多く、こういった儀式・宴会に重みをもたせ、かつ花を添える飾りとして臨席し、そのかわりにたくさんの禄をもらうことによって生計の足しにしていたのかもしれない（多くは上達部・親王達という集団で記される）。彼等は思想も主義主張もない、言わば宴会屋なのである。そして時として、皇位継承事件等の権力闘争に担ぎ出されるのだが、大抵の場合は敗北することになり、宇治八宮のように悲惨な晩年を過ごすことになりかねない。これこそ桐壺帝が「無品親王の外戚のよせなきにてはただよはさじ」（四九章）と憂慮したことの具現ではないだろうか（吉海「『源氏物語』「親王達」考」『源氏物語の帝』（森話社）参照）。

64章　添臥し

その夜おとど（左大臣）の御さとに、源氏《げんじ》のきみまかでさせたまふ。」（26オ）さほうよにめづらしきまでもてかしづき聞《きこ》え給へり。いときびはにておはしたるを、ゆゆしううつくしと思ひきこえ給へり。女君《ぎみ》（葵上十六）はすこしすぐし給へるほどに、いとわかう（源氏十二）おはすれば、（葵上心）にげなくはづかしとおぼいたり。

このおとど（左大臣）の御おぼえいとやむごとなきに、ははみや内《うち》のひとつきさいばらになんおはしければ、いづかたにつけてもものあざやかなるに、この君さへかくおはしそひぬれば、春宮（朱雀院）の御おほぢにて、つゐに世中をしり給べき、右《みぎ》のおとどの御いきほひは、ものにもあらずおされ給へり。

【鑑賞64】　里とは田舎でも実家でもない。宮中以外は全て里だから、ここは左大臣の邸のことである。「作法」とは源氏を婿として迎える作法のことで、源氏は元服の夜に左大臣邸に招かれ、引き続いて葵の上との結婚の儀が取り行われるのである。源氏の場合に限らず、当時の高貴な人々は成人式と結婚が一連のものとして行われていたようである。つまり成人式を終えてから改めて結婚を考えるのではなく、むしろ婚儀を取り決めた後に成人式の日取りを決めるわけである。

源氏の場合、本人はまだ十二歳位であり、元服したと言っても完全な大人というわけではない。こういう場合、相手の女性は大方年上であり、即座に夫婦生活に入るのかどうか不明である。葵の上の場合、源氏が自分より年少であること（不釣合）に非常にこだわっている。それもそのはずこの結婚は、帝と左大臣が勝手に決めたことであり、当事者の意向など全く無視されていた。しかも葵の上は〈添い臥し〉であり、源氏に奉仕する立場にあるのだ。今まで東宮妃候補ナンバーワンとしてちやほやされていた葵の上が、皇子とはいいながら臣籍降下した源氏の、しかも添い伏し役を務めさせられるとは。今の葵の上にとって、源氏の美貌や才能などあまり問題ではなく、東宮と源氏の落差がプライドを傷付けているのであろう。しかしこの結婚を積極的に推進しているのは他ならぬ実父左大臣であり、彼女は左右大臣の権力抗争に勝利するための駒として機能しているのである。それは平安朝貴族の姫君のいわば宿命でもあった。だからこそ当事者間の愛情の交流を描かず、葵の上の血筋の良さばかりが強調されるのである。政略結婚故に両者の間には、後朝の別れどころか後朝の歌も描かれていない。まして三日間通ったことさえ省略されている。それが全く愛のない結婚であったことを如実に象徴しているのではないだろうか。そして葵の上は弘徽殿と同様に、遂に最期まで歌を詠まぬ女として物語に形象されていく。

もっともここで源氏が葵の上に深い愛情を抱いたとしたら、物語は閉塞してしまい次巻以後の展開が不可能となってしまう。つまり妻帯者たる源氏の恋愛遍歴を物語るためには、必然的に葵の上離れが要求されるのだ。葵の上の不幸は、恋愛抜きで源氏と結び付けられたことに存すると言えよう。皮肉なことに源氏に最も近い位置にいるという幸運が、かえって源氏の目を遠くに向けさせてしまっているのである（桐壺帝と弘徽殿の繰り返し）。

ところでこの左大臣の正妻（大宮）が、桐壺帝と同腹の内親王であることに留意しておきたい（これも政略結婚）。『河海抄』では「昭宣公（基経）の母は寛平法皇の皇女延喜帝の御妹也」と注している。皇女との結婚としては、藤原良房と嵯峨天皇皇女潔姫（既に臣籍降下）の例が有名であり、『日本文徳天皇実録』の潔姫薨伝には「正三位源朝臣潔姫薨ス。潔姫者嵯峨太上皇之女也。母ハ当麻氏。天皇聟ヲ選ブニ未ダ其ノ人ヲ得ズ。太上大臣正一位藤原朝臣良房弱冠之時、天皇其ノ風操倫ヲ超ユルヲ悦ビ。殊ニ勅シテ之ニ嫁ス」（斉衡三年六月二六日条）と出ている。左大臣のモデルとして、やはり良房は押えておくべきであろう（二〇章参照）。多くの注はこの大宮を桐壺帝の妹としているが、逆に姉とする説もある（島田とよ子氏「左大臣の婿選び―政権抗争―」園田国文5・昭和59年3月参照）。なおこの大宮は女三宮は臣籍降下したのであろうが、おそらく依然として内親王の資格を有しているはずである。なおこの大宮は女三の宮だったようで、女五の宮の発言の中に「三の宮」（朝顔巻71頁・少女巻95頁）と見えている。

葵の上や頭中将の年齢から逆算すると、左大臣が相当若い頃（少なくとも十七年以上前）に降嫁したことになる。もちろん年立からすれば、源氏元服の折に左大臣は四十六歳であるから、大宮との結婚は二十九歳以前となる。現実的な皇女との結婚の事例によれば、男性側は三十歳以上の場合が多いようであるので（今井源衛氏「女三の宮の降嫁」『源氏物語の研究』未来社参照）、それ位でちょうど良いことになる。大宮も二十代位になるだろうから、そんなに若くはなかったようだ。またその時既に桐壺帝が即位していたのか、あるいはまだ皇太子だったのか不明である。しかし桐壺帝の妹としてではなく、一院の内親王として降嫁した可能性は高い。大宮姉説だと既に桐壺帝は二十歳前後であったはずだから、そんなに若くして即位したのではなかったことになる。あるいは桐壺帝即位と大宮・左大臣の結婚はほぼ同時期だったのであろうか。

ここで一つだけ気になるのは、桐壺帝の外戚が全く登場していない点である。本来ならば、帝の母方の一族が後見人として存在し、権力を握るはずであろう（深沢三千男氏「桐壺巻とところどころ」『源氏物語の表現と構造』笠間書院参照）。しかしどうやら母も既に亡くなり、頼みの外戚もしっかりしていなかったようである（源氏のみならず桐壺帝も母性愛に飢えている?)。そのために帝は同腹の内親王を降嫁(政略結婚)させて、左大臣と手を結んでいると思われる(森一郎氏「桐壺帝の決断」『源氏物語の方法』桜楓社参照)。極端に言えば、桐壺帝も劣り腹の帝であったようだ(モデルたる醍醐天皇の母女御胤子は藤原高藤の娘であるが、高藤は既に権力の座を基経一族に奪われていた)。それは後の八宮事件からも逆照射される。もっともここに「后腹」と記されているので、この解釈はそれが皇后ではなく皇太后(桐壺帝の即位によって后の位を得る)である場合にのみ可能となる。皇女の結婚にしても、劣り腹の方が降嫁しやすいのではないだろうか。もちろん内親王腹でも可能なのだが、その場合は即位前に死去して、后の位を追贈されたと見たい。

普通の女御腹だったとすると、物語には描かれていないけれども、直前に桐壺帝の即位事件があったからこそ、更衣腹の源氏が即位する可能性を否定できないのではないだろうか。そう考えてはじめて源氏の存在に不安を抱く弘徽殿側の心理も納得される。一方の左大臣は、降嫁の際に左大臣であったとは考えにくいけれども、既に内親王を降嫁してもらえる程の実力を身に付けていたのであろうか。もちろん時平のごとく父(基経)がバックにいるのならば問題ないわけだし、左大臣の叔母あたりが桐壺帝の母后ならばもっとすっきりする。しかしここではそうではなく、桐壺帝と左大臣の若き日に結ばれた密約めいたものを幻視したい(天智天皇と藤原鎌足の関係)。

余談ながら、葵の上の結婚に関して、本来ならば大宮の意見がもっと表出していても良いのではないだろうか。桐壺巻の特徴として、母親が大いに関与しているからである。桐壺更衣の場合は母北の方が、藤壺の場合は母后が、そして弘徽殿女御もしっかりと自分の意思を表明しているのであるから、身分的にも年齢的にも相応しい大宮が何も言わないのは妙である。

こうして左大臣は桐壺帝との絆を一層強固なものにした。もっとも葵の上と源氏の結婚は、現実的には決して最善の策ではない。しかしながら左大臣は、東宮との婚姻以上の価値をそこに見出しているのである。と同時に物語自身もそれを高く評価しており、だからこそ右大臣家を凌ぐ程の勢力を左大臣に付与しているのである。これについて秋山虔氏は「世俗と異次元たるべき価値が、そのまま世俗的秩序と深く相渉る物語世界の進行の文脈を読むほかないことになる」と述べておられる（『王朝女流文学の世界』UP選書参照）。物語においては源氏の存在こそが**絶対的価値**であり、その源氏を取り込むことは最善の策なのである（愛情云々とは別問題）。同じ藤原氏でありながら、ここで右大臣は源氏排斥を、左大臣は源氏擁護を選んだ。将来的に展望すれば、源氏の活躍は即ち藤原氏の没落なのだから、藤原氏としては早めに危ない芽は摘んでおいた方が得策だろう。やはり左大臣は「錯誤の人」であったのだ。

なお底本の「ものあざやか」には、対立異文として「いとはなやか」がある。

65章　蔵人少将

（左大臣）御子《こ》どもあまたはらばらにものし給ふ。みや（葵上ノ御母）の御」（26ウ）はらは、くら人の少将（は木木にて頭中将と云也）にていとわかうおかしきを、右《みぎ》のおとどの中《なか》はいとよからねど、えみすぐし給はで、かしづき給ふ、四の君にあはせ給へり。おとらずもてかしづきたるは、あらまほしき御あはひどもになん。

【鑑賞65】　ここでも桐壺帝の後宮同様に「あまた」が用いられ、左大臣が子沢山であり、また複数の妻を有していたことが語られる。それは左大臣家の繁盛・栄華の象徴でもあった。しかし一夫多妻の問題は描かれず、大宮のみが物語に登場している。その結婚が左大臣三十歳位だったとすると、それ以前に誰か別の女性と結婚していたと見る方が妥当であろう。とすれば宮腹の御子誕生以前に、既に複数の子供が誕生していてもおかしくはないはずだ。しかしながら物語にはそういった形跡は認められず、あくまで宮腹の御子が長男・長女であるかのように描いているのである。もちろん劣り腹の子供達では、官位の昇進等に歴然とした差をつけられるであろう。

それが源氏の永遠のライバルである頭中将であった。もっともこの時点では蔵人少将であり、後に頭中将として活躍することになる。ただ困ったことに、彼は最後まで実名はおろか特別の呼び方は全くなされていない。そのくせ非常に長く物語に登場するので、必然的に物語の進行とともに官職が上昇し、その度に呼称が変化する。例えば蔵人少将・頭中将・三位中将・権中納言・内大臣・太政大臣・致仕のおとど等々。便宜的には頭中将と呼んでいるが、それでは誤解を招きかねず、どう統一的に呼称したらいいのか難しい人物である。頭中将は既にその呼称によって、脇役に徹することを義務付けられていると言えよう。もっとも蔵人頭は帝とのパイプ役として非常に重要なポストであった。もし彼が一族の繁栄を望むのならば、源氏須磨流謫の折にこそ政治的に活躍できたはずである。ところが頭中将はむしろ源氏との友情を選択し、結局最後まで光源氏の**引き立て役**に徹してしまう。その意味では父左大臣と同じ道を歩んでいるわけである。

この頭中将は葵の上と同腹（大宮腹）の兄弟であり、紅葉賀巻に「この君ひとりぞ、姫君の御ひとつ腹なりける。帝の皇子といふばかりにこそあれ、我も、同じ大臣と聞こゆれど御おぼえことなるが、皇女腹にて、またなくかしづかれたるは、何ばかり劣るべき際とおぼえたまはぬなるべし」（75頁）とあるように、源氏の従兄弟にあたる高貴な血筋であった（大宮腹はこの二人のみ）。その葵の上の年齢は、紅葉賀巻に「四年ばかりがこのかみにおはすれば」（56頁）とあり、源氏より四歳年長であることがわかる。ただし花宴巻に構想の変更が行われたらしく、年齢差が微妙に変化している（藤村潔氏「花宴のあと」『源氏物語の構造第二』赤尾照文堂参照）。それでは一体頭中将は、葵の上の兄なのかそれとも弟なのか。帚木巻で頭中将は葵の上を「わがいもうとの姫君」（55頁）と呼んでいる。しかし古語では、女の兄弟は姉でも妹でも「いもうと」であるから、この用例は決め手にならない。唯一の資料は紅葉賀巻の「えならぬ二十の若人たち」（72頁）であろう。源典侍をめぐる源氏と頭中将のことであるが、木船重昭氏はこれを根拠にして、両者ともちょうど同年の二十歳と積極的に論じておられる（『源氏物語の研究』大学堂書店参照）。しかし現行の年立では源氏はこの時まだ十九歳であり、そこにケアレスミスや構想の変更を読み込んでいいのであろうか。二十歳という記述は多少の幅を持っているのではないだろうか。ちなみに完訳日本の古典の頭注では「頭中将二十三、四歳」としている。どちらにしても源氏より五歳以上年長とは考えられておらず、必然的に葵の上より一、二歳年少の弟とする見方が有力になっている。

普通にはライバルであるということから、漠然と同年齢として考えられているようである。しかし源氏の元服時点（無位無官）で既に蔵人少将として登場しているのであるから、彼は源氏よりも早く元服を済ませていたことになる。また雨夜の品定めにおいても、源氏の教育係的な面があり、どうも少なくとも二、三歳以上は年長と見た方がよいのではないだろうか。面白いことに、両人の子供もまたライバルとして競いあうのだが、柏木と夕霧の年齢に関しては、柏木の方がずっと年長であった。また宇治十帖の薫と匂宮の場合は薫が一歳年少であった。

この頭中将は右大臣の四の君の婿となった。もちろんこれも左大臣家と右大臣家を取り結ぶための政略結婚であろう。この結婚は頭中将の元服の折であろうか、それとも葵の上の東宮入内拒否の代償として、源氏との婚儀が行われた後にこの縁組みが成立しているのだろうか。右大臣の三の君が源氏の弟帥宮（後の螢兵部卿宮）と結婚している（花宴巻）点から察すると、頭中将と四の君はそんなに早く結婚したのではなさそうである。いずれにせよこれによって、かろうじて両家の均衡が保たれているのである。それも一時的なものでしかなかったけれども。

なお「あまた腹々」にできた子供について調べてみても、それ程多くの子供は登場していない。頭中将の異腹の兄弟として登場するのは左中弁（夕顔巻・花宴巻）であり、また少女巻に左衛門督・権中納言が認められるだけである（どちらかが左中弁と同一人物かもしれない）。特に後宮政策に必要な娘は葵の上以外に存在しておらず（六一章参照）、それが左大臣にとって致命的であったとも考えられる。

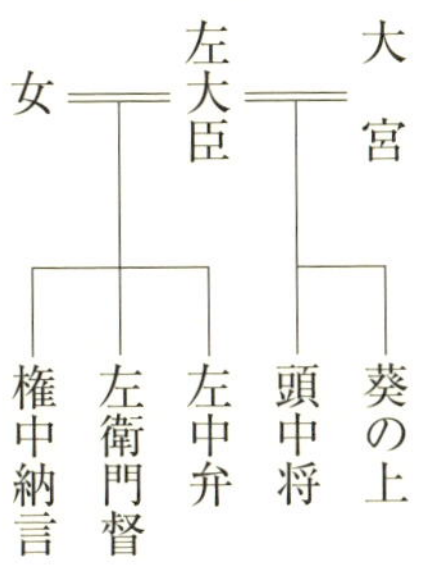

実は頭中将も同様に「腹々に御子ども十余人」（少女巻105頁）・「内大臣は、御子ども腹々にいと多かるに」（螢巻29頁）と説明されている。ただし彼の場合ははっきり「女は女御といま一ところなむおはしける」（少女巻105頁）・「女はあまたもおはせぬ」（螢巻30頁）と娘が少ないことをが明示されている。いずれにせよ桐壺巻における「あまた」という表現は曲物であった。

66章　思慕

源氏の君は、うへ（御門）のつねにめしまつはせば、こころやすくさとずみもえし給はす。心（源氏心）のうちには、ただふぢつぼの御ありさまをたぐひなしと思ひ聞えて、さやうならん人をこそみめ、にるひとなくもおはしけるかな。おほいとのの君（葵上）、いとおかしげにかしづかれたる人とはみゆれど、こころにもつかずおぼえ給て、おさなきほどの御ひとへごころにかかり」（27オ）て、いとくるしきまでぞおはしける。

【鑑賞66】　臣籍に降下し、左大臣の婿となった源氏であるが、桐壺帝の愛は少しも薄れず、里下がりもままならぬ状態であった。これはまさに「わりなくまつはさせ」た（七章）桐壺更衣の処遇と二重写しであり、何かしら事件の起こる前兆のようでもある。父帝の愛故に源氏は宮中に伺候し、それは同時に藤壺との接近をも意味することになる。「ひとへ心」とは底本の独自異文（青表紙本では肖柏本・三条西家本・大島本、別本では麦生本等が同文）であり、明融本等多くの本は「心ひとつに」となっている。類語として「ひたぶる心」（葵巻・蓬生巻・胡蝶巻・夕霧巻）があるが、安易に「ひとへ心」を掲載している古語辞典は、それが決して堂々と『源氏物語』に出ている語であると言えない点、また他に用例を見ない語である点に言及すべきではないだろうか。

こうして源氏は藤壺のような女性を求めて愛の遍歴を始めるのだが、藤壺の理想が高ければ高いほど、代償は得られないのである。そのために左大臣家へは一層間遠になり、葵の上との関係もしっくりいかない。青年源氏の出発点は、少なくともその精神面においては、必ずしも健康的ではなかったと言えようか。

ところで、元服後の源氏の官位はどうなっているのであろうか。それに関しては何も書かれていないけれども、普通一世源氏は従四位下に叙せられるのが例であった。官職としては五位相当ではあるものの、侍従とか蔵人少将が相応しかろう。しかしここでは依然として「源氏の君」と呼ばれており、未だに官職を与えられていないのかもしれない。いずれにせよ十二歳位で元服し、従四位下程度で出発した彼が、十七歳になってもやはり従四位相当の中将（帚木巻）なのである。十八歳でようやく従三位（紅葉賀巻）に叙せられ、十九歳で藤壺立后に連動して宰相に至っているのだが、空白の五年間（帚木巻では既に十七歳になっている）にほとんど出世していないことがわかる。また若菜上巻に「二十がうちには、納言にもならずなりきかし。一つあまりてや、宰相にて大将かけたまへりけむ」（18頁）と出ており、二十一歳で宰相のまま大将を兼ねている（中納言には昇進していない）。もっともこの程度の昇進スピードが普通なのかもしれない。逆にあまり若くして高位高官では、個人的な行動が規制されてしまうので、恋物語の主人公としては〈**中将**〉が最も相応しいであろう（『伊勢物語』の主人公たる在五中将の投影）。

67章　合　　奏

おとなになり給てのちは、ありしやうにみすのうちにもいれ給はず。御《み》あそびのおりおり、こと笛《ふえ》のねにききかよひ、ほのかなる御こゑをなぐさめにて、うちずみのみこのましうおぼえ給ふ。

【鑑賞67】「大人」とは童の対照語であり、年齢とは無関係に元服後を言う（ただし女房の場合はむしろ年配の女性を意味する）。源氏は十二歳で元服しており、それ以後は成人扱いになり、童の時のように御簾の中には入れてもらえないのである。童といえども元服直前の源氏は、既に全くの子供ではなかったはずである。それを平気で御簾の中に入れたのだから、ここにも父帝の錯誤があったと言えようか。なお「大人になり給ひて後」について、『花鳥余情』では「この詞にては十二よりのちの事をもふくませて申侍り」と注しており、この「後」に三年間の経過を読み込んでいる。それに対して宣長は、次に「ただいまは幼き御程に」とあることから、この説を否定している。

なお「聞き通ひ」（河内本系本文、青表紙本等は「聞こえ通ひ」）に関して吉沢義則氏は、

「聞き通ひ」であるから聞くことによって思慕の情の往来する意である。藤壺はこと（弾物）源氏は笛である。簾を隔ててではあるが、藤壺はことの音に思慕の情を載せ、源氏は笛の音に思慕の情を載せ、その思慕の情を載せた楽声が往来するのである。恋したのは源氏ばかりでなく、藤壺もまた源氏を思っていたことを隠微ながらも巧妙に物語ってゐるのである。（『源氏随攷』晃文社94頁）

と述べられ、さらに若紫巻の「例の、明け暮れこなたにのみおはしまして、御遊びもやうやうをかしき空なれば、源氏の君もいとまなく召しまつはしつつ、御琴笛などさまざまに仕うまつらせたまふ。いみじうつつみたまへど、忍びがたき気色の漏り出づるをりをり、宮もさすがなる事どもを多く思しつづけけり」（192頁）との関連をも指摘しておられる。それに対して木船重昭氏は「琴笛の音にも雲居をひびかし」（四五章）を引かれ、これをともに源氏の演奏と見ておられる（『源氏物語の研究』大学堂書店参照）。ここを源氏の片思いとするのか、あるいは既に藤壺も源氏に心を通わせているとするのか、全体構想とも絡んで解釈は二様に分かれる。

68章　後　見

五六日さふらひ給ひて、おほいとの（左大臣）に二三日など、たえだえにまかでたまへど、ただいまはおさなき御ほどにつみなくおぼして、いとなみかしづき聞え給ふ。御かたかたの人々《びと》世の中にをしなべたらぬを、えりとののへすぐりてさふらはせたまふ。御心《み》につくべき御《み》あそびをし、おほなおほなおぼしいたづく。

【鑑賞68】　六六章では父帝の愛が源氏を宮中に釘付けにしているのだが、ここではむしろ藤壺故に源氏自身が内裏住みを希望・選択していることを明かしている。これは婿を迎える左大臣側では好ましくない事態であった。もちろん左大臣側は源氏の密かな藤壺思慕など察しようがないから、源氏の内裏住みはすなわち左大臣家の居心地の悪さ故と解釈される。元服したとは言え、まだ幼い源氏であるから、女性とのセックスに興味が湧かないのかもしれず、やむなく左大臣は「罪なく思して」もてなしている。なおほとんどの本では「思しなして」となっているので、あるいは底本は入木の際の誤脱かもしれない。「なして」であれば、普通だったら源氏を責めるところなのだが、ここはぐっと我慢して、新たに女房を雇い入れているのである。

　これは源氏が葵の上を気に入らないのならば、別の魅力で引き付けようという作戦であった。それは単に教養のある女房を選りすぐって文化サロンを形成するのみならず、源氏好みの女房を仕えさせて、それによって通う回数を増やそうというのである。後に登場する中務の君（末摘花巻）や中納言の君（葵巻）等は、まさに源氏の情を受けた**召人**であった。しかしながら彼女達は身分差故にか、決して葵の上の妻としての地位を脅かす存在ではなく、当然嫉妬の対象ともなっていないことに留意しておきたい。

文末の「おほなおほな」（真剣に）は未詳語で、「おふなおふな」（『紫式部日記』）と同じとも考えられているが、『源氏物語』本文としてはほぼ「おほなおほな」に統一されている（ただし辞書類はこの語を認めていない）。これを『伊勢物語』九三段の「あふなあふな」と同一視する注もあるが、「危な危な」だと恐る恐るという意味になってしまう。非常にやっかいな語である。とにかくここでは左大臣が相当下手に出て源氏をちやほやしているのである（「いたづく」は室町以前は清音）。後見なき源氏にしてみれば、今後左大臣からのバックアップは必要不可欠なのである。本来ならば源氏の方こそ真面目に通わなければならないのだが、そう描かれないところに左大臣の傘下に終らない光源氏の将来を予見したい。というよりも、源氏はこれから藤原氏の政権を脅かす存在に成長するのである。左大臣は自ら選択したことにより、結果的に藤原一族の没落を招くことになるわけであり、それこそが最も『源氏物語』に相応しい結末であろう。

69章　二　条　邸

内（内裏）にはもとの」（29ウ）しげいさ（桐壺）を御《み》ざうしにて、ははみやす所《どころ》（更衣）の御かたがたの人々《びと》まかでちらず、さふらはせたまふ。

さとの殿《との》（二条院）は修理職《すりしき》たくみづかさに宣旨《せんじ》くだりて、になうあらためつくらせ給ふ。もとの木《こ》だち、山のたたずまひ、おもしろきところなるを、いけのこころひろくしなして、めでたくつくりののしる。（源氏心）かかるところにおもふやうならん人をすへてすまばやとのみ、なげかしうおぼしわたる。

【鑑賞69】　源氏は臣籍に降下しても、桐壺帝の皇子であることに変わりはない。そのため宮中にも曹司が与えられるわけであり、それがなんと母更衣の局たる淑景舎（桐壺）であった（九章参照）。後宮であるにもかかわらず、このように成人男子の曹司としてあてがわれているのである。帚木巻における雨夜の品定めも淑景舎で行われたのであろう。当然桐壺には、今後新しい女御・更衣等は入居できないことになる。東宮との雑居といい、皇子の曹司といい、さらには摂関の直廬といい、こういった後宮の実態について、平安文学研究者はあまりに知識不足ではないだろうか。今後早急に解明されるべき課題であろう。

ここに至って、本来ならば散り散りばらばらになっていたはずの更衣付の女房の消息が語られ、なんとかつてのままそこに残っていたことが明かされる。桐壺は更衣の死後ずっと源氏の曹司になっていたのであろう。では祖母の邸たる二条院はというと、後見人とていないので、帝の勅命（皇室財産）によって「二なう（似なう）」修理・改築がなされており、やはり里の女房も散らずに残っていたようである。しかしながら以後の物語進行の中で、そういった古女房達はほとんど登場しておらず、あるいは物語の語り手として設定されているのかもしれない。

「里の殿」とは源氏の私邸であり、帚木巻に「二条院」（75頁）と明記されている。この場合の「院」とは、単に立派な邸宅というのではなく、**皇族伝領**の邸である可能性が高い。それは「二条東院」を桐壺帝から相続していることによっても納得できる。とするとこの二条院という名称によって、祖父母のどちらかの血筋（祖母方か？）が皇族であることを暗示しているとは読めないだろうか。それともここで桐壺帝が皇室財産に繰り込んだのであろうか。なお二条院の改築に関しては、『栄花物語』巻三に「かくて大殿、十五の宮住ませ給ひし二条院をいみじう造らせ給ひて、もとより世におもしろき所を、御心のゆく限り造りみがかせ給へば、いとどしう目も及ばぬまでめでたきを御覧ずるままに、御心もいとどいみじうおぼされて、夜を昼に急がせ給ふ」という類似記事が見られる。また

『嬉遊笑覧』では、この「池の心」を典拠として庭園の心字池が造作されたと述べている。

「思ふやうならん人」とは、間違いなく藤壺のような理想的な女性を意味するが、具体的にはそのゆかりたる紫の上が、後に二条院に入居することになる。もし藤壺のごとき女性を源氏が私邸に住ませうるとしたら、それはまさに**光源氏王権**の具現であるか、または略奪婚となるしかない。ここでは帝の妻の相手として相応しい源氏の姿（即位の可能性）を暗示しているものとして読むべきなのであろうか（潜在王権）。そうなると後の六条院構想とも密接に関連することになる。

しかしながらこの表現は、実は『落窪物語』巻一の「いかで思ふやうならむ人に盗ませ奉らむ」を踏まえていると思われる。これはあこきの願望として述べられたものであるが、結局落窪の姫君は正式な結婚ではなく、道頼に盗まれて幸福を得ている。とすると源氏が紫の上を盗むという構想も、まさしく『落窪物語』の引用ということになる。それは紫の上物語が継子譚として構成されている点からも補強される。彼女が父兵部卿宮邸に引き取られれば、そこには継母北の方が待ち構えているからである。紫の上が幼すぎて理想的な女性たりえないことは、むしろ早めに源氏が略奪することによって、継子譚的展開（苛め）が封じ込められたわけである（そのかわり紫の上の出産・至福も約束されない）。こう考えると、この一文が書かれた時には、既に若紫巻は成立していたことになる。少なくともその構想はできていたことになろう。

70章　光る君

ひかるきみといふ名《な》は、こまうどのめできこえて、つけたてまつりけるとぞいひつたへたるとなん。」（28ウ）

【鑑賞70】　この〈光〉という呼称には大きな問題が存する。と言うのも、前に「世の人光る君と聞ゆ」（五八章）と述べられており、高麗人が名付けたことと矛盾するからである。もっとも高麗の相人が帝王の相を予言した（四七章）ことは、すなわち源氏の顔に王者の光を見取ったことにほかならない。あるいは「限りなうめで奉」った時に名付けたのであろうか。ただし完訳日本の古典では、何故か「前出の高麗人と同一人とは限らない」（40頁）と注してある。それにしても桐壺巻の末尾において、あえて「光る君」の由来伝承を付加しなければならない理由があるのだろうか。源氏の呼称に関して、世人命名説と相人命名説の二説を並立させる必要があるのだろうか。あるいは前説をここで否定して、真相を語っていることになるのであろうか。

もちろん「光る君」の語源が再度語られることにより、源氏の将来にさらに大きな期待がかけられるわけである。それが別々の他者（国の内外）の眼によって、共に「光る君」と命名されることに意味があった。既に皇位継承事件においては完全に敗北した皇子であり、さらには臣籍に降下させられた源氏でありながら、この桐壺巻の最後においては敢えて〈源氏〉とは称せず、再度理想的超人的な人物として相対的に位置付けているからである。〈光〉という美的形容は、源氏に主人公性を付与すると同時に、光は依然として王権の象徴でもあり続ける（河添房江氏「光る君の命名伝承をめぐって―王権譚の生成・序―」中古文学40・昭和62年11月）。これによって今後どのように物語が展開していくのか、読みの可能性は地平のかなたまで広がっていく。

最後の「言ひ伝えたるとなん」は、創作ではなく事実譚風の伝承形式で語り終えられている（初期物語や後期物語、あるいは『今昔物語集』などにもしばしば用いられている）。だからと言って創作ではなかったのだ、と信じる必要はあるまい。『湖月抄』には「人の事のやうに三重に書なせり。つけ奉りけるとぞと、人の云ひつたへたると、人のしるしおいたるを見及びたるやうに書きたるなり」と注してある。これは例によって語りの手法（装置）なの

だから、簡単に語り手の術中にはまってはいけない。島津久基氏の、

1「とぞ」で結ぶもの　一〇例（帚木・蓬生・薄雲・梅枝・横笛・鈴虫・夕霧・幻・東屋・夢浮橋）

2「とや」で結ぶもの　六例（朝顔・野分・藤袴・真木柱・総角・手習）

3「となむ」で結ぶもの　三例（桐壺・明石・浮舟）

4「とかや」で結ぶもの　一例（蜻蛉）

という分類を参考にしたい（『対訳源氏物語講話』）。

こうして桐壺巻は、光源氏の輝かしい将来（究極では〈源氏〉の物語からはみ出してしまうのだが）をちらりと予見させながら、その重苦しい一幕を閉じた。

注

（1）**本文18頁**。ここに「めざましきもの」「あはれなるもの」と「もの」が二度用いられていることにも留意したい。この「もの」は、軽蔑や見下しの意味を有している。この使用にも、桐壺更衣の後宮における低い位置が読み取れるようである。

（2）**本文18頁**。本文異同を調べてみたところ、陽明文庫本は「うらみ」が「なげき」になっていた。もし「なげき」であれば、「あしかれと思はぬ山のみねにだにおふなるものを人のなげきは」（『詞花集』三三三番）という和泉式部の歌が浮上してくるのだが、いかがであろうか。

（3）**本文25頁**。ここで北の方の素性が旧家名門という予測がつく。さらに言えば皇族の可能性も否定しがたい。ところが興味深いことに、岩波の古語辞典「ゆゑ」項には、「平安女流文学では、由緒正しいこと、一流の血統であること、また、それらの人にのみ見られる一流の風情・趣味・教養などをいい、二流のものはヨシ（由・縁）といって区別した」とあり、「よし」を二流のものと説明している。これを信じれば祖母の血統は二流ということにならざるをえない。すると定子の母高内侍がモデルとして浮上する。はたして北の方の血筋はどちらがふさわしいのであろうか。

（4）**本文26頁**。「おのこみこ」という表現も特異である。「おとこみこ」とは普通に言うけれども、「おのこみこ」は用例的にも当時非常に珍しいものである（『源氏物語』にもこの一例のみ）。「おのこ」はやや低い身分を指すことが多いので、更衣腹の皇子であることを暗示しているようにも考えられる（福田智子氏「「をのこみこ」考」国語国文65―6・平成8年6月参照）。もしそうなら、この表現によっても皇位継承とは無縁の更衣腹の皇子誕生が明確に読みとれることになる。陽明本のみ本文を「をとこみこ」と改訂しているのは、おそらくその意味を敏感に感じとっているからであろう（陽明本は全般に桐壺更衣側に視点がある）。

（5）**本文27頁**。そのヒントとして、『細流抄』に「玉かつらも廿三日に御賀あり。源の御身にとりて子細ある日なるべし。自然誕生日などなる歟」があげられる。

（6）**本文29頁**。『栄花物語』歌合巻に「春宮の一宮は、内に御子もおはしまさねば、疑ひなき儲君と思申たり」とあるのは、桐壺巻の引用であろう。また『大鏡』師輔伝にも「元方の民部卿の御孫、儲の君にておはする」とあるが、広平親王は東宮になっていないので、その点に疑問が残る。

（7）**本文31頁**。「上宮仕へし給ふべき際」は、一章の「いとやむごとなき際」と対をなしている。最初は上でないと規定し、ここでは下でもないと新たに注記しているのである。このやや矛盾した据え直しによって、更衣はどっちつかずの境界線にランク付けされることになる。再度の据え直しは、更衣自身よりも誕生した皇子の出自上昇に重点があるのかもしれない。

（8）**本文32頁**。用例は「上衆めかす」「上衆めく」合わせて全七例で、そのうちの四例までが明石の君に関するものである。

（9）**本文40頁**。そのため河内本及び別本の麦生本の本文は、「御局」ではなく「御さうし」とあり、また別本の国冬本は「きりつぼにありけり」となっている。これなら誤解はあるまい。

（10）**本文46頁**。あるいは既に左大臣が描かれざる部分で暗躍しているのかもしれない。物語は光源氏の容貌や才能をのみクローズアップしているが、そんなものは基本的には立太子の条件とは無縁のはずである。後見不在の美貌の皇子など、一の宮の敵ではあるまい。右大臣家が恐れているのは、その皇子と左大臣が結託することなのである。だが物語は、そういった真の政治的緊張を隠蔽し、あくまで源氏の資質を賞賛し続ける。

（11）**本文54頁**。桐は生命力旺盛な木であるが故に、後宮舎殿に植えられているのであるが、その桐を名に負う桐壺更衣には、花の喩としての桐の特性は付与されていないのであろうか。この点についても考えるべきことは残されていよう。なお桐壺更衣の死は「絶えはて給」とされているが、これはどうやら異常な死に方であることを表出している表現のようである。面白いことに最もオーソドックスな「死ぬ」表現は、実際の死に関して一例も用いられていない。用例が一番多いのは「失せ給ふ」であり、それに対して「絶えはて」は、桐壺更衣とそして夕顔の死の二例に用いられている。両者の共通点を考えると、急死というイメージが付与されているのではないだろうか（田中隆昭氏「源氏物語における死・葬送・服喪」『源氏物語歴史と虚構』勉誠社・平成5年参照)。

(12) **本文62頁**。「とのゐ」とは宿直(差別語)のことであるから、当然「とのゐ」するのは臣下に決まっている。もちろん男性の場合が一般的であるが、女性の用例も決して少なくない。特に「御とのゐ」とある場合は女御・更衣を指す例が多いようだが、そうなると単なる宿直ではなく、寝所を共にする意になる(それでも主従関係にあることは変わらない)。ここではその女御・更衣の「とのゐ」を帝が拒否しているわけである。ところが岩波の古語辞典では、「《比喩的に》帝が、女御・更衣の局に夜、出向いて泊まること」としてこの箇所を引用している。女御・更衣が後涼殿に参上する場合は問題ないけれども、帝自身が後宮の局に赴く場合は、帝が「とのゐ」しているようにも受け取れる。「し給はず」を重視すればなるほど帝が宿直しているように思われる。しかしそれでは制度としての宿直という点で問題が生じてくる。そのため宿直ではなく「殿居」としているわけだが、これはもっと広く「とのゐ」の用例を検討した上でないと簡単に答えは出せそうもない。

(13) **本文68頁**。命婦には特定の仕事はなく、員外官のようなものであった。ただし典侍に次いで乳母や乳母子が兼任する例が多い点には注意を要する。

(14) **本文68頁**。高橋和夫氏は「にはかに肌寒き夕暮」に注目して、台風通過後に気温が急降下するという気象状況を提示され、むしろ「野分が吹き過ぎて」の意に解釈され、「野分立」を「春立つ」や「秋立つ」からの転用・造語と考えておられる(「源氏物語の歳時」『古典に歌われた風土』三省堂)。また「肌寒し」は、あまり用例のない言葉である。『万葉集』に「肌し寒しも」(五二七番)・「なほ肌寒し」(四三七五番)の二例があるものの、それ以降は皆無に近く、この桐壺巻に至ってようやく再登場したことになる(なお『源氏物語』には末摘花巻・玉鬘巻・横笛巻にも各一例用いられている)。

(15) **本文72頁**。「葎の宿」・「葎の門」という歌語は、普通には荒廃・没落を意味しているが、『源氏物語』では思いがけぬ美女の住む邸の喩的表出ともされている。それとは別に、服喪のイメージが付きまとっているとも考えられる(大塚修二氏「葎の門の女の物語—帚木巻から末摘花巻までの構成—」國學院大学大学院紀要5・昭和49年3月参照)。

それは徽子女王の「嘆きつつ雨も涙もふる里の葎の門のいでがたきかな」（『玉葉集』二三三六番）や、一条御息所の「露しげきむぐらの宿にいにしへの秋にかはらぬ虫の声かな」（横笛巻67頁）によっても首肯できるのではないだろうか。

（16）**本文77頁**。桐壺巻を含めて「つらく」とあるのは『白氏文集』に近く、「心憂く」は『本朝文粋』に近いことになる。他に「うらめし」や「世に逢ふ・世を見る」もグループ分けできることになるが、そうなると「世に逢ふ・世を見る」などは『荘子』引用であってもかまわないのではないだろうか。もっとも「命長さ」は「病無くして寿し」（『日本書紀』皇極三年三月条）、「あな、命長」（『うつほ物語』蔵開上）、「かかる命長の」（『大鏡』道長下）、「身の命長さを罪なれば」（『成尋阿闍梨母集』）などとも用いられており、典拠というよりも当時の慣用句（老人の繰り言）だったのかもしれない。『徒然草』第七段にも「命長ければ辱多し。」とある。

（17）**本文82頁**。「横様なるしに」とは、漢語「横死」の和訓であろうが、『三宝絵詞』下巻に「横様のしにをせず」とあり、手習巻にも「これ横様のしにをすべき物にこそあんなれ」（154頁）と出ている。また明石巻には「横さまの罪に当たり」（77頁）とある。

（18）**本文95頁**。「唐めいたる」の意味は必ずしも中国風の服装（「唐の」とは別）ではなく、「唐めいたる白き小袿」（玉鬘巻）・「白き御衣の唐めきたる」（藤裏葉巻）等からすると、模様や柄のこと、あるいは舶来の上質品のことと見るのが妥当かもしれない。漢と和・公と私の対比を含めて、考える余地はまだ残されているようである。

（19）**本文96頁**。「らうたげ」については、伊集院玲奈・吉海直人「『源氏物語』「らうたげ」の再検討―光源氏の視点から―」同志社女子大学日本語日本文学19・平成19年6月参照。

（20）**本文96頁**。同じく後見人の不在を理由に立太子できなかった例として、一条天皇の第一皇子敦康親王（定子腹）の存在は明記しておきたい。『大鏡』には「一の親王をなむ東宮とすべけれど、後見すべき人のなきにより思ひかけず。されば、二の宮を立て奉るなり」と類似した表現が見られる。

（21）**本文97頁**。『無名草子』『唐物語』『住吉物語』の成立年代が河内本校訂に先行するとすれば、それらの作品が河内本を参照することはありえないのだから、必然的に河内本以前の古い伝本（別本系）に既にこういった描写が含まれていたことになる（池田利夫氏「漢籍受容と源氏物語」『源氏物語の文献学的研究序説』笠間書院・昭和63年参照）。ただし『住吉物語』等は、成立以後に本文改訂された可能性も高い。

（22）**本文102頁**。当時は丑の刻（夜）までが当日で、寅の刻（暁）以降は翌日と考えられていたらしい。もしここが前からの一続きであるなら、命婦は丑の刻までに宮中に戻れたのであろう（三〇章参照）。当然「あした」は寅の刻以後、つまり翌朝となる。

（23）**本文102頁**。帝はここでひどく「人目」を気にしている。かつて更衣を寵愛していた時は、全く周囲を気にしていなかったはずなのに、更衣の死後急変したのは何故であろうか。考えられることは皇子たる光源氏の将来を案じての自重か、あるいは帝自身の立場を安泰にするためであろう。どちらにしても意識的な配慮なのである。

（24）**本文108頁**。紫の上の祖母尼君死去の部分に「故御息所に後れたてまつりしなど、はかばかしからねど思ひ出でて」（若紫巻197頁）とある点、桐壺巻とやや矛盾しているようにも思われる。これなど桐壺更衣ではなく六歳時の祖母の死去の誤りではないだろうか。

（25）**本文113頁**。もっとも日本は高麗とは全く国交がなかったので、これでは困ってしまう。頻繁に交渉があったのは渤海国（九二七年滅亡）であり、神亀四（七二七）年以後百八十年間に三十四回も使者が来日している（日本からも十三回使者を派遣している）。その渤海のことを、当時は「高麗」と称していたらしい。つまり高麗は一国名（固有名詞）ではなく、漠然と朝鮮全般を意味していたのである。

（26）**本文113頁**。ただしこの相人の位置付けは必ずしも明確になされていない。鴻臚館を重視すれば、朝貢の使節と見るのが妥当と思われるが、相人の宿舎に出向いたのではなく、単に鴻臚館で会見しただけなのかもしれない。また相人という職掌は想定しにくいので、むしろ積極的に使節の大使と考えた方がスッキリするかもしれない（四八章の『三代実録』参照）。

（27）**本文122頁**。左大臣の娘では若すぎるし、まして弘徽殿の妹では帝が納得しないだろう。本文に「さるべき人々」と敬語がない点からも、更衣ばかりが増えることになる。あの空蝉も、もし父衛門督が健在であれば、この時更衣として入内したのではないだろうか。また紫の上の母にしても、父按察大納言が健在であれば、やはり入内させられていたはずである（桐壺更衣の再現パターン）。しかしともに父親の死によって入内は中止され、空蝉は伊予介の後妻に、そして紫の上の母には兵部卿宮が通うようになった。可能性としては、宇治十帖のように桐壺更衣の異母妹登場ということも十分ありうるはずである。そうでなくても血縁を重視すれば、更衣の姪等も考えられる。しかしそれでは身分的な問題が解決できないので、苦肉の策として「他人の空似」が浮上した。

(28) **本文134頁**。この場面によって、源氏が藤壺に母性を幻想していると考えるのは、やや問題がありそうだ。年齢を考慮しても、藤壺は更衣よりずっと若いし、源氏にとっては母ではなく姉のような存在ではないだろうか。むしろ年齢的には他の大人びた女御達、例えば麗景殿等の方がずっと母として相応しいはずである。なおここだけを見れば、藤壺以外の後宮の女性達はみな年配のように受け取れるが、五一章で入内させた女性達のことは念頭にないのであろうか。それを含めても、藤壺の年齢は他の女性と比較して異常に若いのかもしれない。

(29) **本文140頁**。「きびは」とは、一般に幼い美しさを形容する語であるが、必ずしも幼少に用いられるのではなく、十二歳から十五歳までの過渡期的な年齢層に用例が集中しているようである。源氏の場合も元服を前提として用いられている。

(30) **本文147頁**。登場人物としてそれなりの役割を与えられている親王の存在も重要ではあるが、ここに登場する親王のように、個人としてではなく複数でしばしば登場させられている多くの名もなき親王の存在にも、それなりの意味を考えてみるべきであろう（吉海「『源氏物語』親王達考―もう一つの光源氏物語―」『源氏物語の帝』森話社）。

(31) **本文157頁**。「内裏住み」とは「里住み」の対照語であるが、辞書的には女房の宮仕えを説いているものが多い。時代が下るとそれでも間違いではないが、源氏の「内裏住み」こそが初出例なのであり、しかも『源氏物語』の七例中四例の女性の用例は内親王・入内・尚侍であり、普通の女房の例は認められない。むしろ『源氏物語』の特殊用法と考えた方がよさそうである。臣籍に降下した一介の源氏が、それでもなお皇子の資格で後宮に曹司を有する点、簡単には片付けられない問題を孕んでいるのではないだろうか（宮武寿江「光源氏「内裏住み」攷―特に幼少時をめぐって―」古代文学研究第二次6・平成9年10月）。なお「曹司住み」という語もあるが、これは『今昔物語集』以降にしか用例が見当たらないので、同義語とは言えそうもない。

（32）**本文164頁**。桐壺巻には九首の歌が見られるが、最も多く詠じたのは桐壺帝（四首）である。しかし物語の主人公たる光源氏は、葵の上・藤壺同様に遂に一首も歌を詠じていない。やはり桐壺巻においては、光源氏はまだ主人公性を担わされていないのであろうか。

〈参考文献〉

○島津久基氏『対訳源氏物語講話一』（中興館）昭和5年11月
○北山溪太氏『源氏物語の新研究桐壺篇』（武蔵野書院）昭和31年5月
○松尾聰氏『全釈源氏物語一』（筑摩書房）昭和33年3月
○玉上琢弥氏『源氏物語評釈一』（角川書店）昭和39年10月
○吉海「『源氏物語』桐壺巻の読み方」同志社女子大学学術研究年報40Ⅳ・平成元年12月、「『源氏物語』桐壺巻の読み方（続）」同志社女子大学学術研究年報41Ⅳ・平成2年12月

後書き

二〇〇八年は源氏物語千年紀で大いに盛り上がった。京都を中心に、日本各地で千年紀にちなんだイベントがたくさん開催されたので、あらためて源氏物語のすばらしさに気付かされたという方も少なくないはずである。しかしそれは、あくまで商業的な源氏文化のレベルであったように思われる。書店の店頭に並んだ本にしても、現代語訳・マンガ・早わかり（ダイジェスト）といった入門書の類ばかりだった。それはそれなりに意義のあることだろうが、ではこの千年紀に源氏物語を原文で読み通した人は一体何人位いたのだろうか。

どうも源氏物語は長くて難しいということで、昔からわかりやすい本が求められ続けてきた。だから源氏文化（軽チャー）というのは、換言すれば源氏物語を原文で読まない人が作り出したものなのである。たいていは現代語訳をかじっただけで源氏物語がわかったつもりになっているのではないだろうか。千年紀が過ぎた今こそ、我々研究者は源氏文化に迎合することなく、原文を読むことの大切さを提唱し続けなければなるまい。そこで私は、ささやかながら本書を通じて、源氏物語を読むとはどういうことなのかをみなさんに問いかけてみたい。

本書は桐壺巻の注釈書であるが、一読して普通の注釈とは異なっていることがおわかりになるはずである。全体を七〇章に分け、言葉や表現の重要性を実証的に解説したつもりである。ここまで詳しいコメントが必要なのかと驚かれる方も多いに違いない。しかしこれこそが源氏物語を読むことなのである。それは現代語訳することやあらすじを知ることとは遙かに隔たった行為でもあった。大変かもしれないが、読者のみなさんには是非私と読みの勝負をしていただきたい。そして私を踏み越え、より深遠な源氏物語の世界へと分け入って、真の源氏物語に出逢っていただきたい。本書がその一助となれば幸いである。

なお本書は、既に絶版となっている『源氏物語の視角』の前半部（注釈篇）を独立させ、大学や古典講座などで使用するテキストとして仕立て直したものである（その分定価も安くなっている）。この機会に気付いたことを末尾の注に加えているので、それも参照していただきたい。本書の中には論文やレポートのネタがぎっしり詰まっているので、みなさんが本書から宝を発掘して下さることを切に願っている。

平成二十年二月吉日

吉海直人

【著者略歴】
吉海直人（よしかいなおと）
昭和28年7月、長崎県長崎市生まれ。
國學院大學文学部、同大学院博士課程後期修了。博士（文学）。
日本学術振興会奨励研究員、国文学研究資料館文献資料部助手を経て、
現在、同志社女子大学学芸学部教授。
主著：『源氏物語研究而立篇』（影月堂文庫）昭58。
『源氏物語の視角』（翰林書房）平4。
『落窪物語の再検討』（翰林書房）平5。
『平安朝の乳母達―『源氏物語』への階梯』（世界思想社）平7。
『住吉物語』（和泉書院）平10。
『源氏物語研究ハンドブック1、2』（翰林書房）平11。
『源氏物語研究ハンドブック3』（翰林書房）平13。
『源氏物語の新考察』（おうふう）平15。
『「垣間見」る源氏物語』（笠間書院）平20。
『源氏物語の乳母学』（世界思想社）平20。

源氏物語〈桐壺巻〉を読む

発行日	2009年4月10日　初版第一刷
著　者	吉海直人
発行人	今井　肇
発行所	翰林書房
	〒101-0051 東京都千代田区神田神保町1-14
	電話　(03) 3294-0588
	FAX　(03) 3294-0278
	http://www.hanrin.co.jp
	Eメール● Kanrin@nifty.com
印刷・製本	教 文 堂

落丁・乱丁本はお取替えいたします

ISBN978-4-87737-274-3